中外名家经典作品选

读书卷

兰东辉/主编

当代世界出版社

图书在版编目（CIP）数据

中外名家经典作品选·读书卷 / 兰东辉主编. -- 北京：当代世界出版社，2012.7

ISBN 978-7-5090-0826-3

Ⅰ. ①中… Ⅱ. ①兰… Ⅲ. ①随笔—作品集—世界 Ⅳ. ①I16

中国版本图书馆CIP数据核字(2012)第059705号

书　　名：	中外名家经典作品选·读书卷
出版发行：	当代世界出版社
地　　址：	北京市复兴路4号（100860）
网　　址：	http://www.worldpress.com.cn
编务电话：	（010）83908456
发行电话：	（010）83908410（传真）
	（010）83908408
	（010）83908409
	（010）83908423（邮购）
经　　销：	新华书店
印　　刷：	三河市汇鑫印务有限公司
开　　本：	710mm×1000mm 1/16
印　　张：	13
字　　数：	140千字
版　　次：	2012年7月第1版
印　　次：	2012年7月第1次
书　　号：	ISBN 978-7-5090-0826-3
定　　价：	25.80元

如发现印装质量问题，请与承印厂联系调换。
版权所有，翻印必究；未经许可，不得转载！

目录

◎天下第一好事,还是读书

季羡林　　　　　　　　　　　　1

◎读书的意义

俞平伯　　　　　　　　　　　　5

◎我的读书经验

冯友兰　　　　　　　　　　　　10

◎读书与看书之间

王鼎钧　　　　　　　　　　　　16

◎经典阅读唤醒心灵

谢有顺　　　　　　　　　　　　21

◎我的读书经验(节选)

曹聚仁　　　　　　　　　　　　25

◎读书这件事

张新颖　　　　　　　　　　　　29

◎随便翻翻

鲁迅　　　　　　　　　　　　　38

◎读书杂谈

鲁迅　　　　　　　　　　　　　43

◎乐书
宗璞 51
◎流泪的阅读
彭程 56
◎恋爱般的阅读（节选）
蒋子龙 62
◎童年读书（节选）
莫言 66
◎读书之道少年始
止庵 73
◎那一代人的读书功夫（节选）
苗振亚 78
◎我的工读生涯（节选）
萧乾 82
◎剑桥的书香（节选）
徐鲁 89
◎我之于书
夏丏尊 94
◎谈读杂书
汪曾祺 97

◎谈谈读外国书

李伯重　　　　　　　　　100

◎书摘·原著·原典

王得后　　　　　　　　　105

◎读书人的偏食

孙郁　　　　　　　　　　110

◎有书赶快读

邓拓　　　　　　　　　　114

◎我的读书生活（节选）

高超群　　　　　　　　　119

◎与书籍有关（节选）

西川　　　　　　　　　　124

◎书与人生（节选）

周国平　　　　　　　　　130

◎人与书之间

周国平　　　　　　　　　134

◎吸引过我的书（节选）

蓝英年　　　　　　　　　139

◎影响我的几本书

袁伟时　　　　　　　　　144

◎书
朱湘 149

◎读书与用书
陶行知 153

◎书塾与学堂
郁达夫 158

◎走出书斋的阅读
凸凹 164

◎还是好读书着好
贾平凹 170

◎书与人的随想
梁衡 174

◎论读书
[德]叔本华 179

◎论书籍与阅读
[英]约翰·罗斯金 187

◎读书的乐趣
[英]约翰·卢保克 191

◎谈阅读
[日]小泉八云 195

天下第一好事，还是读书

季羡林

人类向前发展，有如接力赛跑，第一代人跑第一棒；第二代人接过棒来，跑第二棒，以至第三棒、第四棒，永远跑下去，永无穷尽。这样智慧的传承也永无穷尽。这样的传承靠的主要就是书。书是事关人类智慧传承的大事。这样一来，读书不是"天下第一好事"又是什么呢？

古今中外赞美读书的名人和文章，多得不可胜数。张元济先生有一句简单朴素的话："天下第一好事，还是读书。""天下"而又"第一"，可见他对读书重要性的认识。

为什么读书是一件"好事"呢？

也许有人认为，这问题提得幼稚而又突兀。这就等于问"为什么人要吃饭"一样，因为没有人反对吃饭，也没有人说读书不是一件好事。

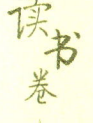

但是，我却认为，凡事都必须问一个"为什么"，事出都有因，不应当马马虎虎，等闲视之。现在就谈一谈我个人的认识，谈一谈读书为什么是一件好事。

人类千百年以来保存智慧的手段不出两端：一是实物，比如长城等等；二是书籍，以后者为主。在发明文字以前，保存智慧靠记忆；文字发明了以后，则使用书籍。把脑海里记忆的东西搬出来，搬到纸上，就形成了书籍，书籍是贮存人类代代相传的智慧的宝库。后一代的人必须读书，才能继承和发扬前人的智慧。人类之所以能够进步，永远不停地向前迈进，靠的就是能读书又能写书的本领。我常常想，人类向前发展，有如接力赛跑，第一代人跑第一棒；第二代人接过棒来，跑第二棒，以至第三棒、第四棒，永远跑下去，永无穷尽，这样智慧的传承也永无穷尽。这样的传承靠的主要就是书，书是事关人类智慧传承的大事，这样一来，读书不是"天下第一好事"又是什么呢？

但是，话又说了回来，中国历代都有"读书无用论"的说法，读书的知识分子，古代通称之为"秀才"，常常成为取笑的对象，比如说什么"秀才造反，三年不成"，是取笑秀才的无能。这话不无道理。在古代——请注意，我说的是"在古代"，今天已经完全不同了——造反而成功者几乎都是不识字的痞子流氓，中国历史上两个马上皇帝、开国"英主"，刘邦和朱元璋，都属此类。诗人只有慨叹"可惜刘项不读书"。"秀才"最多也只有成为这一批地痞流氓的"帮忙"或者"帮闲"，帮不上的，就只好慨叹"儒冠多误身"了。

但是，话还要再说回来，中国悠久的优秀的传统文化的传承者,是这一批地痞流氓,还是"秀才"?答案皎如天日。这一批"读书无用论"的现身"说法"者的"高祖"、"太祖"之类,除了镇压人民剥削人民之外,只给后代留下了什么陵之类,供今天搞旅游的人赚钱而已。他们对我们国家竟无贡献可言。

总而言之,"天下第一好事,还是读书"。

心香一瓣

读书，之于个人，可以修身养性、增加内涵，可以开阔我们的视野、塑造我们的思维方式，可以丰富人生。

读书，之于国家，可以提升国民素质，培育民族精神，可以增强创新力。

读书，之于历史，可以推动世界文明的进程，加快科技进步的步伐。

一个不热爱阅读的人，一定是个单调、无趣、无味的人；一个不热爱阅读的民族，注定是没有前途的民族。

「作者简介」

季羡林（1911—2009），字希逋，又字齐奘。中国著名文学家、语言学家、教育家、社会活动家、翻译家、散文家，精通12国语言。曾历任中国科学院哲学社会科学部委员、北京大学副校长、中国社科院南亚研究所所长。代表作有《中印文化关系史论集》、《印度简史》、《佛教与中印文化交流》等。

读书的意义

俞平伯

> 所以文字教育的失败,表面上看只是读书种子稀少,一般国文水准低落而已,骨子里已损害民族国家的前途,自非好作危言耸人听闻,废书不读可谓今日之流行病。

古人云,"读万卷书,行万里路",这不仅有关联,是一桩事情的两种看法而已。游历者,活动的书本。读书则曰卧游,山川如指掌,古今如对面,乃广义的游览。现在,因交通工具的方便,走几万里路不算什么,读万卷书的日见其少了。当有种种的原因,最浅显的看法,是读书的动机环境空气无不缺乏。

讲到读书的真意义,于扩充知识以外兼可涵咏性情,修持道德,原不仅为功名富贵做敲门砖。即为功名富贵,依目下的情形,似乎不必定要读书,更无须借光圣经贤传,甚至于愈读书会愈穷,这无怪喜欢读书,懂得怎样读的人一天一天的减少了。读书空气的

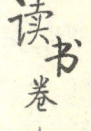

稀薄，读书种子的稀少，互为因果循环。

现在有一些人，你对他说身心性命则以为迂阔，对他说因果报应则以为荒谬，对他说风花雪夜则以为无聊。不错，是迂阔、荒谬、无聊。你试问他，不迂阔、不荒谬、不无聊的是啥？他会有种种漂亮的说法。但你不可过于信他，他只是要钱而已。文言谓之好利。有一个故事，不见得靠得住，只可以算笑话。乾隆帝下江南，在金山寺登高，望见江中大大小小多多少少的船，戏问随銮的纪晓岚，共有几只。这原是难题，拿来开玩笑的，若回答说不知道，那未免杀风景。纪回答得很好，臣只见两条船，一条为名，一条为利。在那时，这故事讽刺世情已觉刻露，但现在看来，不免古色古香。意存忠厚，应该对答皇帝道，只有一条船。

好利之心压倒一切，非一朝一夕之故。古人说："不以利为利，以义为利也。"以义为利是遥远的古话。退一步说，以名为利。然名利双收，话虽好听，利必不大。惟有不恤声名的干，以利为利，始专而且厚。道德名誉的观念本多半从书本中来，不恤声名与不好读书亦有相互的关联。

在这一味好利的空气中寻求读书乐，岂不难于上青天，除非我们把两者混合。假如我们能够立一种制度，使天下之俊秀求官位利禄之途必出于读书，近乎从前科举的办法，这或者还有人肯下十载寒窗的苦工。严格说来，这已失却读书的真意义，何况这制度的确立还遥遥无期。

现在有一种情形，这十年以来，说得远一点，二三十年以来都如此，就是国文程度显著地低落，别字广泛地流行着，在各级学校任教的，人人皆知，人人皱眉头痛，认为是不大好办的事情。这严重的光景，不仅象征着读书阶级的崩溃，并直接或间接影响到民族的前途、国家的发展。

　　文字教育好像不算得什么。文字原不过白纸上画黑道，一种形迹而已，但文化却寄托在这形迹上。我们常夸说神州立国几千年，华夏提封数万里，这种时空的超卓并不必由于天赋，实半出于人为，皆先民积久辛勤努力所致，我们应如何欢喜惭愧，却不可有恃无恐。方块字的完整，艰深，固定，虽似妨碍文化知识的普及，亦正于无形之中维护国家的统一与永久。从时间说，我们读古书如《论语》，觉得孔子孟子似乎不太远，而杜工部苏东坡的诗文呢，他们两位活像我们的老前辈，这是方块文字不易变动之力。假如当初完全用音标文字，那不必提周秦两汉，就是唐宋，也就很遥远而隔膜，我们通解先民的情思比较困难，而华夏国本亦因而动摇不安。再从空间说，北自满洲，南迄岭海，虽分南北中三部，细分还有更多的区域，然而中国始终只是一个，譬如说广东话与北京话完全两样，而纸上文字完全一致。我国屡经外夷侵略，或暂被征服，而于风雨飘摇中始终屹立不失者，上面已表过是先民血汗的成绩，而在民族的团结上，文字确也帮忙不少。历史事实俱在，不容易否认的。

　　所以文字教育的失败，表面上看只是读书种子稀少，一般国文水准低落而已，骨子里已损害民族国家的前途，自非好作危言耸人听闻，废书不读可谓今日之流行病。用功的人难道没有？即有少数的人好学潜修也不足挽回这颓风。即以学校教育而论，听讲的时间每多于自修，而自修课业，有如太史公所谓好学深思心知其意者能有几人？我不敢轻量天下之士，武断地说或者不多罢。如何使人安心向学,对读书感到兴味,似是小事,却是牵连社会生计问题,譬如饿着肚子读书当然不成的,更有关于教育考试铨叙各制度的改革。我们从事教育写作文字的固责无旁贷,但已不仅是个人努力的事,而成为民族复兴国运重光的大业之一了。

心香一瓣

读书是为了什么？为光宗耀祖？为升官发财？都不是。孙中山、周恩来等都曾经喊出"为中华之崛起而读书"的响亮口号，将读书的意义与救国救民的崇高抱负紧密联系在一起。

时代的航船行驶到今天，虽然我们国家早已经赢得了自由独立，但很多发展任务还摆在我们面前，提升国民素质迫在眉睫。

读书不能改变人生，但是可以改变我们面对世界的态度以及我们和世界相遇的方式。让高尚的阅读情趣引导人生发展的轨迹吧！

「作者简介」

俞平伯(1900－1990)，原名俞铭衡，字平伯。现代诗人、作家、红学家。与胡适并称为"新红学派"的创始人。他出身名门，早年以新诗人、散文家享誉文坛。他积极参加五四新文化运动，精研中国古典文学，是一位热忱的爱国者和具有高尚情操的知识分子。著有《论诗词曲杂著》、《红楼梦八十回校本》、《俞平伯散文选集》等。

我的读书经验

冯友兰

> 会读书的人能把死书读活；不会读书的人能把活书读死。把死书读活，就能把书为我所用，把活书读死，就是把我为书所用。能够用书而不为书所用，读书就算读到家了。

我今年八十七岁了，从七岁上学起就读书，一直读了八十年，其间基本上没有间断，不能说对于读书没有一点经验。我所读的书，大概都是文、史、哲方面的，特别是哲。我的经验总结起来有四点：精其选，解其言，知其意，明其理。

先说第一点。古今中外，积累起来的书真是多极了，真是浩如烟海，但是，书虽多，有永久价值的还是少数。可以把书分为三类，第一类是要精读的，第二类是可以泛读的，第三类是仅供翻阅的。所谓精读，是说要认真地读，扎扎实实地一个字一个字地读。所谓泛读，是说可以粗枝大叶地读，只要知道它大概说的是什么就行了。所谓翻阅，是说不要一个字一个字地读，不要一句话一句话地读，也不要一页一页地读。就像看报纸一样，随手一翻，看看大字标题，觉得有兴趣的地方就大略看看，没有兴趣的地方就随手翻过。听说在中国初有报纸的时候，有些人捧着报纸，就像念五经四书一样，一字一字地高声朗诵。照这个办法，一天的报纸，念一天也念不完。大多数的书，其实就像报纸上的新闻一样，有些可能轰动一时，但是昙花一现，不久就过去了。所以，书虽多，真正值得精读的并不多。下面所说的就指值得精读的书而言。

怎样知道哪些书是值得精读的呢？对于这个问题不必发愁。自古以来，已经有一位最公正的评选家，有许多推荐者向它推荐好书。这个选家就是时间，这些推荐者就是群众。历来的群众，把他们认为有价值的书，推荐给时间。时间照着他们的推荐，对于那些没有永久价值的书都刷下去了，把那些有永久价值的书流传下来。从古以来流传下来的书，都是经过历来群众的推荐，经过时间的选择，流传了下来。我们看见古代流传下来的书，大部分都是有价值的，我们心里觉得奇怪，怎么古人写的东西都是有价值的。其实这没有什么奇怪，他们所作的东西，也有许多没有价值的，不过这些没有价值的东西，没有为历代群众所推荐，在时间的考验上，落了选，被刷下去了。现在我们所称谓"经典著作"或"古典著作"的书都是经过时间考验，流传下来的。这一类的书都是应该精读的书。当然随着时间的推移和历史的发展，这些书之中还要有些被刷下去。不过直到现在为止，它们都是榜上有名的，我们只能看现在的榜。

我们心里先有了这个数，就可随着自己的专业选定一些须要精读的书。这就是要一本一本地读，所以在一个时间内只能读一本书，一本书读完了才能读第二本。在读的时候，先要解其言。这就是说，首先要懂得它的文字；它的文字就是它的语言。语言有中外之分，也有古今之别。就中国的汉语笼统地说，有现代汉语，有古代汉语，古代汉语统称为古文。详细地说，古文之中又有时代的不同，有先秦的古文，有两汉的古文，有魏晋的古文，有唐宋的古文。中国汉族的古书，都是用这些不同的古文写的。这些古文，都是用一般汉字写的，但是仅只认识汉字还不行。我们看不懂古人用古文写的书，古人也不会看懂我们现在的《人民日报》。这叫语言文字关。攻不破这道关，就看不见这道关里边是什么情况，不知道关里边是些什么东西，只好在关外指手划脚，那是不行的。我所说的解其言，就是要攻破这一道语言文字关。当然要攻这道关的时候，要先作许多准备，用许多工具，如字典和词典等工具书之类。这是当然的事，这里就不多谈了。

中国有句老话说是"书不尽言，言不尽意"，意思是说，一部书上所写的总要比写那部书的人的话少，他所说的话总比他的意思少。一部书上所写的总要简单一些，不能像他所要说的话那样啰嗦。这个缺点倒有办法可以克服。只要他不怕啰嗦就可以了。好在笔墨纸张都很便宜，文章写得啰嗦一点无非是多费一点笔墨纸张，那也不是了不起的事。可是言不尽意那种困难，就没有法子克服了。因为语言总离不了概念，概念对于具体事物来说，总不会完全合适，不过是一个大概轮廓而已。比如一个人说，他牙痛。牙是一个概念，痛是一个概念，牙痛又是一个概念。其实他不仅止于牙痛而已。那个痛，有一种特别的痛法，有一定的大小范围，有一定的深度。这都是很复杂的情况，不是仅仅牙痛两个字所能说清楚的，无论怎样啰嗦他也说不出来的，言不尽意的困难就在于此。所以在读书的时候，即使书中的字都认得了，话全懂了，还未必能知道作书的人的意思。从前人说，读书要注意字里行间，又说读诗要得其"弦外音，味外味"。这都是说要在文字以外体会它的精神实质。这就是知其意。司马迁说过："好学深思之士，心知其意。"意是离不开语言文字的，但有些是语言文字所不能完全表达出来的。如果仅只局限于语言文字，死抓住语言文字不放，那就成为死读书了。死读书的人就是书呆子。语言文字是帮助了解书的意思的拐棍。既然知道了那个意思以后，最好扔了拐棍。这就是古人所说的"得意忘言"。在人与人的关系中，过河拆桥是不道德的事。但是，在读书中，就是要过河拆桥。

上面所说的"书不尽言"、"言不尽意"之下，还可再加一句"意不尽理"。理是客观的道理；意是著书的人的主观的认识和判断，也就是客观的道理在他的主观上的反映。理和意既然有主观客观之分，意和理就不能完全相合。人总是人，不是全知全能。他的主观上的反映、体会和判断，和客观的道理总要有一定的差距，有或大或小的错误。所以读书仅至得其意还不行，还要明其理，才不至于为前人的意所误。如果明其理了，我就有我自己的意。我的意当然也是主观的。也可能不完全合乎客观的理。但我可以把我的意和前人的意互相比较，互相补充，互相纠正。这就可能有一个比较正确的意。这个意是我的，我就可以用它处理事务，解决问题。好像我用我自己的腿走路，只要我心里一想走，腿就自然而然地走了。读书到这个程度就算是能活学活用，把书读活了。会读书的人能把死书读活；不会读书的人能把活书读死。把死书读活，就能把书为我所用，把活书读死，就是把我为书所用。能够用书而不为书所用，读书就算读到家了。

从前有人说过："六经注我，我注六经。"自己明白了那些客观的道理，自己有了意，把前人的意作为参考，这就是"六经注我"。不明白那些客观的道理，甚而至于没有得古人所有的意，而只在语言文字上推敲，那就是"我注六经"。只有达到"六经注我"的程度，才能真正地"我注六经"。

心香一瓣

歌德说:"经验丰富的人读书用两只眼睛,一只眼睛看到纸面上的话,另一只眼睛看到纸的背面。"

高尔基说:"每一本书都是一个用黑字印在白纸上的灵魂,只要我的眼睛、我的理智接触了它,它就活起来了。"

在阅读中,只有让思维活动和情感意向交织运行,才能将死书读活,只有用思想情感去感知、理解和思考,才能使死书变得鲜活起来,成为我们可以倾心交谈的朋友。

「作者简介」

冯友兰(1895—1990),字芝生,河南南阳唐河人,著名哲学家。1924年获哥伦比亚大学博士学位,历任中州大学、广东大学、燕京大学教授,清华大学文学院院长兼哲学系主任,西南联大哲学系教授兼文学院院长,清华大学校务会议主席,北京大学哲学系教授,其哲学作品为中国哲学史的学科建设做出了重大贡献,被誉为"现代新儒家"。

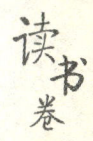

读书与看书之间

王鼎钧

读书，书成全我们；看书，书惯纵我们。我是看书人，这半辈子算是被书惯坏了，有点遗憾，并不后悔。世界上，除了看书，还有谁能这样顺应我们、尊重我们呢？除了书，还有什么能这样揣摩我们的需要、一心一意为我们而存在呢？

兵学家蒋百里说，想打胜仗你得"生活条件与战斗条件一致"。套用他的句式，做读书人最好"生活条件与读书条件一致"，例如在大学里教书、做研究，有人发薪水供你读书，你读了一辈子书还可以领退休金。

一般人不是这样，时间精力都消耗在与书无缘的事务上。台北有位出名的小学校长，为了把学校办好，每天"食无求饱，居无求安"，既然声名大噪，少不得被外面拉去开会、演讲、访问、赴宴，几乎没有时间和家人相处。有一天他忽然感慨之至，对我说："我觉得我已经不识字了。"

所以我曾说我们用"残生"读书写作。古人也说"三余"读书，"夜者日之余，雨者晴之余，冬者岁之余"，"余"字比"残"字好看些。我们虽不种田，"三余"还是生活里常有的现象，尤其纽约的冬季漫长，风雪不少，户外的活动搁置，多些时间出来。我们还有第四余，"老者生之余"，退休后读生平未读之书，不无小补。

今天我们的问题不仅是可以读书的时间少，要读的书也实在太多。古人为了接近书，有雇给书香人家做书僮的，有嫁给藏书之家做媳妇的。那是另一番难以想象的光景。于今台湾这么一个"小地方"，有出版社三千家，依营运常轨，每个出版社每年总得出十本书，共计三万本。每年三万本书忽然来到你的手边眼前，好不令人手足无措，更何况，中国大陆又是多少出版社，每年又出版多少本书(若再把外书文书"联想"在一起，真是天旋地转了)？

我有一个朋友，喜欢看书，也喜欢买书。后来情况有变，他进了书店，东摸摸，西看看，空着手走出来，书太多，干脆不买了。他进了图书馆，东翻翻，西查查，叹口气走出来，书太多，他干脆不看了。浮生有涯，五色令人目盲，出版爆炸的压力实在大。听说，在台湾真有人(读书的人，写作的人)逃到停水断电面海负山之处，不听广播，不看电视，不订报纸，也不知他是潇洒还是悲愤。有位学者说，佛教所以有禅宗，就是因为经典太多，读不完，读完了也读不通，索性来个"不立文字，起码证心源"。这个解释倒也很"人性"。

出版界对著作成品本有检核过滤的功能，它替读者把守大门，要过一关，你得够格。然后，批评家替读者把守二门，"选家"也是广义的批评家。现在出版家河海不择细流，批评家光棍不挡财路，读者买书只有靠运气。你进书店能否买到好书，有如搭计程车能否遇到好司机，进庙能否抽到好签。我常想，假如买书像买酒一样有多好！我不会喝酒，但我知道怎样一定买到好酒；我会看书，但我不知道怎样一定可以买到好书。

有人说，"读书"和"看书"不同，读书有方法，有目的，有成果，讲的是读书人的水准，不是书的水准。我们说读哲学系，读康德，不说看哲学系，看康德。告诉某作家"我读过你的书"或"我看过你的书"，一字之差，寓褒贬、别善恶。

中国有句老话"读书便佳"，指的是受正统教育，它的意思并非"不论看什么书都好"，而是"不论能否中举都好"，文凭无用之类的话，本来有理，后来我不信了，我留在中国大陆上的同学，高年级生读到大学毕业，低年级生读到高中毕业，以后遭际各有不同。在那样一个社会里，依然是大学毕业的人比中学毕业的人有较好的出路，即使是毛泽东，他也觉得大学毕业生比中学毕业生用处大一些。我在翻看同学录的时候，深深感到"读书便佳"这句话通过了有史以来最严酷的试炼。

你可以说"读书便佳"，不能说"看书便佳"，一如不能说"看电影便佳"。今天教育普及，看书是每个人的事，读书人仍然是特定的少数。有人强调读书凭兴趣、凭性情，我想他说的是看书，他写的书也很好看。今天作家出一本新书，斤斤计较的只是有没有人"看"，其志亦云小矣。有一次，我问一个写小说的朋友

"近来读什么书",他说:"我不读书,我写书给人家读。"又着实使我肉跳(附带记下:如果谁说他想做"总统",我倒并不惊讶)。

陶渊明读书不求甚解,我想他是看书。诸葛亮读书但观大略,我想他也是看书,隐地在《一句话》扉页写下"风翻哪页,就读哪页",正是为我等看书人立言。"读书"的情况大约应该像韩愈在《进学解》里噜噜嗦嗦说的那般模样。他们读,之后把心得写出来给我们看。我们看了之后再写,即不值一看了矣。所以,我们必须去读那本名为"人生"的大书,接通源头活水。

读书,书成全我们;看书,书惯纵我们。我是看书人,这半辈子算是被书惯坏了,有点遗憾,并不后悔。世界上,除了看书,还有谁能这样顺应我们、尊重我们呢?除了书,还有什么能这样揣摩我们的需要、一心一意为我们而存在呢?"拥书权拜小诸侯"!不仅是用"书城坐拥"的典故而已。这些书把它的细腻体贴交给我们,同时并在暗中矮化了我们。上帝既然这样安排了,也罢,也好。

心香一瓣

读书，就是和作者交流，就是阅世。不需要和作者的经历、观点、思想完全一致，只需要以一个局外人的客观独立的眼光，读出一点感悟、收获一点思考即可。

看书，则是被作者牵引着走，浏览书中的文字，欣赏书中的故事、情节，看过后并未对自己产生实质性的影响。

书，是用来读而不是用来看的。由看到读，应该是一个人在阅读中成长的过程。读出书中的道理，读懂世事人生，才是读书带给我们宝贵而无形的财富。

「作者简介」

王鼎钧（1925— ），曾用名方以直，山东临沂人，抗战末期弃学从军，1949年到台湾。曾在报社任副刊主编，也当过教师。51岁时移居美国，一直在纽约居住。他的创作生涯长达大半个世纪，长期出入于散文、小说和戏剧之间，著作近40种，以散文产量最丰，成就最大。20世纪70年代他的"人生三书"《开放的人生》、《人生试金石》、《我们现代人》三本励志小品文，在台湾总发行量达60万册。

经典阅读唤醒心灵

谢有顺

> 文学就是做梦。因为有了这个梦，单调的生活将变得复杂，窄小的心灵将变得广阔。文学鼓励我们用别人的故事来补充自己的生活经历，也鼓励我们用别人的体验来扩展自己的精神边界。

人的一生有许多美好的记忆，阅读肯定是其中之一。有人将阅读当作"划分文明人与野蛮人的界限"（贺麟），也有人将阅读视为"最简便的修养方法"（梁实秋），这些都非夸张之词。书里乾坤，纸上心迹，记载的都是前人的智慧和学识，后来者借着读其书，便能与其心灵相通，受其教益，为之熏陶，以致远避世俗的侵蚀，渐达高远的境界，不亦快哉？因此，宋人黄庭坚有言："人不读书，则尘俗生其间，照镜则面目可憎，对人则语言无味。"

按照黄庭坚的标准，现代人的面目或许已经相当可疑了——在

信息时代，人们获取知识、了解世界的方式越来越多，读书早已不再是现代人的独一选择。随着网络文化的兴盛，影视霸权的确立，手机短信的风靡，人与书的亲密关系正在面临考验。尤其是在年轻一代中，阅读已被边缘化，文学经典也备受嘲讽，此风渐长之后，现代人离"面目可憎"、"语言无味"的境界实已不远矣。

一个语言无味的世界，必定是一个坚硬、僵死的世界。这样的世界，显然不适合于人类居住，因为人心所需要的温暖、柔软和美好，并不会从这个世界里生产出来。这个时候，就不由得让人想念起文学来了——文学的重要功能之一正是软化人心、创造梦想。诚如台湾作家张大春所说，文学带给人的往往是"一片非常轻盈的迷惑"，它不能帮助人解决人生问题，它的存在，只是"一个梦、一则幻想"而已。

然而，谁都不能否认，只有那种存着梦想的人生，才是真的人生。

文学就是做梦。因为有了这个梦，单调的生活将变得复杂，窄小的心灵将变得广阔。文学鼓励我们用别人的故事来补充自己的生活经历，也鼓励我们用别人的体验来扩展自己的精神边界——每一次阅读，我们仿佛都是在造访自己的另一种人生，甚至，阅读还可以使我们经历别人的人生，分享别人的伤感。比如，公元742年，诗人李白游历东晋名士谢安旧处后，写下了著名的《东山吟》："携妓东土山，怅然悲谢安。我妓今朝如花月，他妓古坟荒草寒。"这本是李白的个人感叹，但自从这首诗流传以来，李白的慨叹就一直被无数的人所分享。是啊，当年那如花似玉的"他妓"已化作"古坟荒草"，但"今朝如花月"的"我妓"呢，百年之后，还不照样成为一堆"古坟荒草"供后人缅怀？无论你是帝王将相、才子佳人，还是贩夫走卒、乞丐傻瓜，结局并无二样。由此想来，一种旷世的悲凉就会油然而生——于是，大诗人李白那惊天动地的"怅然"，我们这些小人物也在阅读中实实在在地体会了一回。

这就是文学所创造的奇迹。能被这样的奇迹所照亮的人生，一定会特别绚丽和灿烂。因此，继《优雅的汉语》之后，我们又策划了这套《一生的文学珍藏》。所谓"文学珍藏"，是指这些作品都是必须读的，也是值得一读再读的。贾平凹选编的外国散文读本，格非选编的中国小说读本，苏童选编的外国小说读本，篇幅虽然不大，但有此几册选本在手，读者大致是可以窥见好小说、好散文的动人面貌了。

加西亚·马尔克斯曾说，"我全部的人生都被概括进了我的小说"，这话是可信的。因此，苏童、格非选编的小说读本，能让你认识四十种人生，而贾平凹选编的散文读本，则能让你靠近五十颗伟大的心灵。这些既是选编者个人的阅读"影响"史，也是读者的入门文学读物——如果你想了解文学的秘密，又有心于写作，那么，这几部选本里的作品，实在是最低限度的阅读篇目了。

我们希望这些"影响"了一个作家心灵成长的名篇，也能够"影响"你，并唤醒你内心深处的记忆和想象。法国作家安德烈·纪德说得好："影响不创造任何东西，它只是唤醒。"确实，一个被唤醒的人，他和文学的距离是最近的。

心香一瓣

经典作品,经受了时间浪沙的淘洗,却仍然历久弥新,是人类精神文明的结晶。

阅读经典,就像沐浴春风细雨般滋润,心田得到浇灌,灵魂得到洗礼,境界得到提升。

一个人的素质,只能靠人文教育来熏陶,而经典作品的核心,就是其蕴含的人文价值。读一点经典,受益一生。

「作者简介」

谢有顺(1972—),福建长汀人。中国作家协会会员,曾任《南方都市报》专刊副刊部副主任。2006年起,任中山大学中文系教授、博士生导师。2009年,兼任西安建筑科技大学人文学院客座教授。2010年获得"全球青年领袖"称号。著有《我们内心的冲突》、《活在真实中》、《我们并不孤单》等。

我的读书经验（节选）

曹聚仁

> 这才恍然大悟,"前人恃胸臆以为断,其袭取者多谬,而不谬者反在其所弃。"信古总要上当的。

先父时常叫我读《近思录》,《近思录》对于他很多不利之处。他平常读四书,只是用朱注,《近思录》上有周敦颐、张载、邵雍、程明道、程伊川种种不同的说法,他不能解释为什么同是贤人的话,有那样的大不同,最疑难的,明道和伊川兄弟俩也那样大不同,不知偏向哪一面为是。我现在回想起来,有些地方他是说得非常含糊的。有一件事,他觉得很惊讶：我从《朱文公全集》找到一段朱子说岳飞跋扈不驯的记载,他不知道怎样说才好,既不便说朱子说错,又不便失敬岳武穆,只能含糊了事。有一年,他从杭州

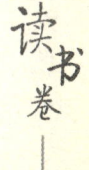

买了《王阳明全集》回来，那更多事了，有些地方，王阳明把朱熹驳得体无完肤，把朱熹的集注统翻过身来，谁是谁非，实在无法下判断。翻看的书愈多，疑问之处愈多，一个十一二岁的小孩已经不大信任朱老夫子了。

我的姑父陈洪范，他是以善于幻想善于口辩为人们所爱好，亦以此为人们所嘲笑，说他是"白痴"。他告诉我们："尧舜未必有其人，都是孔子、孟子造出来的。"他说得头头是道，我们很爱听；第二天，我特地去问他，他却又改口否认了。我的另一位同学，姓朱的，他说他的祖先朱××于太平天国乱事初起时，在广西做知县，"洪大全"的案子是朱××所捏造的。他还告诉我许多胥吏捏造人证物证的故事。姑父虽否认孔孟捏造尧舜的话，我却有点相信。我带一肚子疑问到杭州省立第一师范去读书，从单不庵师研究一点考证学。我才明白不独朱熹说错，王阳明也说错；不独明道和伊川之间有不同，朱熹的晚年本与中年本亦有不同；不独宋人的说法纷歧百出，汉、魏、晋、唐多代亦纷纭万状；一部经书，可以打不清的官司。本来想归依朴学，定于一尊，而吴、皖之学又有不同，段、王之学亦有出入；即是一个极小的问题，也不能依违两可，非以批判的态度，便无从接受前人的意见的。姑父所幻设的孔孟捏造尧舜的论议，从康有为《孔子改制考》、《新学伪经考》找到有力的证据，而岳武穆跋扈不驯的史实，在马端临《文献通考》得了确证。这才恍然大悟，"前人恃胸臆以为断，其袭取者多谬，而不谬者反在其所弃。"（戴东原语）信古总要上当的。单师不庵读书之博，见闻之广，记忆力之强，足够使我们佩服；他所指示正统派的考证方法和精神，也帮助解决了不少疑难。我对于他的信仰，差不多支持十年之久。

　　然而幻灭期毕竟到来了。五四运动所带来的社会思潮，使我们厌倦于琐碎的考证，胡适的《中国哲学史大纲》带来实证主义的方法，人生问题，社会问题的讨论，带来广大的研究对象，文学、哲学、社会……的名著翻泽，带来新鲜的学术空气，人人炽燃着知识欲，人人向往于西洋文明。在整理国故方面，梁启超的《中国历史研究法》，顾颉刚的古史讨论，也把从前康有为手中带浪漫气氛的今文学，变成切切实实的新考证学。我们那位姓陈的姑父，他的幻想不独有康有为证明于前，顾颉刚又定谳于后了。这样，我对于素所尊敬的单不庵师也颇有点怀疑起来。甚而对于戴东原的信仰也大大动摇，渐渐和章实斋相接近了。我和单不庵师第二次相处于西湖省立图书馆(民国十六年)，这一相处，使我对于他完全失了信仰。他是那样的渊博，却又那样的没有一点自己的见解；读的书很多，从来理不成一个系统。他是和鹤见佑辅所举的亚克敦卿一样，"蚂蚁一般勤劬的学殖，有了那样的教养，度着那么具有余裕的生活，却没有留下一卷传世的书；虽从他的讲义录里，也不能寻出一个创见来。他的生涯中，是缺少着人类最上的力的那创造力的。他就像戈壁的沙漠的吸流水一样，吸收了知识，却并一泓清泉，也不能喷到地上面来。"省立图书馆中还有一位同事——嘉兴陆仲襄先生也是这样的。这可以说是上一代那些读古书的人的共同悲哀。

心香一瓣

尽信书不如无书，我们读书的目的是从中汲取精华，去其糟粕，能将书中的内容为我所用。

如果我们完全相信书中所说，到最后可能是读了很多书，却只能做到博学而不能将其化为己用，这是一种悲哀。

「作者简介」

曹聚仁（1900—1972），字挺岫，号听涛，浙江浦江（现属兰溪）人，我国现代著名作家、学者、记者和杰出的爱国人士。20世纪30年代初主编《涛声》、《芒种》等刊物，著有《鲁迅评传》、《万里行记》、《文坛五十年》、《中国学术思想史随笔》等。

读书这件事

张新颖

> 当我们的大脑要去接受新的东西的时候,首先需要的是把大脑空出来。所谓"虚心",不是"态度好"的意思,"虚心"是真正地把你的心空出来。空出来才有地方把新的东西接受进来。

一、一种基本的精神活动方式

今天谈这个题目,多少会有点失望。因为谈读书的人太多了,在我之前有很多人谈过,在我之后也会有很多人谈,比我读书读得好的人谈过,比我读得不好的人也谈过。这样一个很老的题目,大家听起来可能稍微有点厌倦。但是这里面有一个问题:为什么这样一个题目,大家要老是去谈它?老是去谈它,这本身就说明,读书这个东西,可能是我们人的精神生活中一个基本的行为,一种基本的精神活动方式。因为它是基本的,所以我们老是要去谈它。而且也因为它是基本的，所以它是没有答案的。越是基本的问题越是没有答案的，比如"人是什么"这个最基本的问题，我们永远也说不出一个准确的答案，或者有的人说了你也不相信。还有另外一个原因：它是一个有魅力的问题，虽然它很老了，但是它很有魅力。一个问题如果没有魅力，你谈完了也就算了，正是因为它有魅力，人才会冒着谈不好的危险还要来谈它，这就说明这个问题本身是有吸引力的。

我谈的是比较个人化的体会。因为是比较个人化的、片面的、主观的，就可能有很多不对的地方。

二、带着满脑子的想法来读书，可能造成大的障碍

先作这样一个假设，不同的人用同样的精力去读同样一本书，得到的效果会怎么样呢？这个效果没办法量化，但是我们假设可以把它量化，就可能排出来一个从低到高的分值，有的人可能分值很低，甚至低到是负数，也就是说读书可能读坏了，还不如不读；有的人就是正值，而且正数值很大。为什么会出现这么大的不一样呢？我觉得我们需要追究出现这么大的差别的原因。因为我们每个人都希望自己读书能获得一个最大的正值。

先说一个故事。这个故事是《庄子》的杂篇《庚桑楚》里面的。庚桑楚是老子的一个徒弟，他学得很好，学成之后自然就有人来向他请教问题。其中有一个人叫南荣趎，他有很大的困惑，向庚桑楚请教了很多的问题。庚桑楚就跟他讲了很多很多，讲得口干舌燥，但是都没用，南荣趎说我的问题一点都没有解决。庚桑楚就说，那我是没有办法了，你去找我的老师吧。南荣趎就背着干粮，七天七夜，找到老子。老子见到他就问，你是从庚桑楚那里来的？

接着又问：你来就来吧，你怎么还带着这么一大帮人来？南荣趎一听，吓了一跳，赶紧回过头去看。可是身后并没有什么人。南荣趎极为不解。就在他回头看的时候，老子又说了一句很厉害的话：难道你没听明白我说的是什么意思么？老子这样一说，南荣趎更加不明白了，他说，本来我有很多问题要来问你，被你这样一吓，我连要请教什么问题都吓忘了。

我觉得这个故事很有意思。老子看到南荣趎带了很多人来向他请教问题——当然是没有什么人，老子的意思是说，南荣趎的脑子里面有很多人，他是带着满脑子的想法来向老子请教问题的。这样的话，其实是很难获得解答的。在接受一个东西的时候，一个比较好的状态是把自己的心空出来。打一个不恰当的比方，抽屉用得时间长了，塞满了许多东西，如果我要往抽屉里面再放新的东西的话，就必须把里面乱七八糟的东西清理出去，留出空隙。当我们的大脑要去接受新的东西的时候，首先需要的是把大脑空出来。所谓"虚心"，不是"态度好"的意思，"虚心"是真正地把你的心空出来。空出来才有地方把新的东西接受进来。这一点对于我们来说特别重要。我们这些已经基本完成学业、已经工作了很多年的人，脑子里已经有了各种各样的想法，对人，对事，对语文教学，对什么什么东西，我们都有各种各样的想法，我们脑子里的想法太多了。这些想法当然有的时候是好事，可是对于我们接受新的东西来说，有的时候很可能是一个大的障碍。

人的大脑不是无限的。很简单的例子，为什么一个孩子接受东西比大人快，一个原因就是他脑子比我们空，他比我们"虚心"。我自己在大学里教书，有一个体会，我给本科生上课，有研究生、进修的老师来旁听,可是一个学期听下来,一般总是本科生学得多学得好,研究生和进修的老师未必赶得上本科生。同样是一门课,同样是一本书,也都很努力,为什么所获得的东西会有差别,而且有的时候差别还特别大?我觉得这里就有那个南荣趎的问题,带了太多的想法来听课、读书。这是一个很大的问题。

老子给南荣趎解惑的方式是很好的,一见面他这样两个问题把南荣趎一吓,让南荣趎要问什么都忘记了,正所谓"当头棒喝",让脑子一下子空了出来。脑子空出来才可能接受新的东西,这个是我讲的一个意思。

三、在"无知"的位置上去"胡思乱想"

脑子空出来,不是说要大脑一片空白,读到什么就接受什么、相信什么;而是说,要把自己放到一个非常"无知"的程度,既因为"无知"而"虚心",又是在"无知"的位置上去思想、去质疑。我们通常看到的思想和质疑,往往是从一个很高的位置上去进行的,往往带着"有知"的优越感,要显示的也是自己的"有知"。其实,"无知"地去"胡思乱想",可能更有所得。这个说起来容易,因为是套话,你要觉得自己是"无知"的你才可能获得更多的知识,但是为什么会这样呢?

我举一个例子,我非常喜欢这个例子:大家都知道,屈原在自沉以前写了《怀沙》这个作品。文学史上都是这样讲的,我们也不怀疑,也不敢怀疑。但是我们不妨试着对这句话提一些很幼稚的问题。屈原自杀以前,也就是被流放的时候写了《怀沙》,那么是写在什么上面的呢?屈原那个时候当然不是写在电脑上的,也不是写在纸上的,是用刀刻在竹简上的。那么他被流放的时候,身上还背着竹简么？他背着竹简、拿着刀被流放么？如果他没有带着竹简，那么他是在流放过程中看到竹子，先把竹子砍下来，做成竹简，然后再在竹简上面刻字，完成从制作竹简到写成《怀沙》这样一个过程？刻字，刻那种笔画很多、结构复杂、像鸟一样的文字，这是一件很简单的事么？需要花多长时间？再说，在宫廷之外，书写这种行为，在屈原那个时代，对于普通人来讲是一种什么样的行为？普通人是不是有书写的能力、书写的习惯？竹简这个东西是不是在宫廷之外大量存在？如果不是这样，如果不是屈原把《怀沙》写在竹简上，那我们或许可以想象，它不是写下来的，它是通过口头流传下来的一个文本。那怎么流传下来的？屈原流放的时候带着一个仆人，屈原创作好了《怀沙》之后把它教给他的仆人，让他的仆人背诵，仆人后来再背诵给其他人？就这样流传下来的？如果是这样的话，我们可以再问，屈原时代的仆人有没有背诵的能力？假设是有，在这样一个口头流传的过程中会不会背错了？会不会前后顺序颠倒？会不会有人加了一句，有人漏掉一句？

这一大堆问题，是哈佛大学研究中国文学的学者宇文所安提出来的，他假设一个具有一般常识的中学生，可能会向老师发出屈原般的"天问"。我们为什么没有去问这些问题呢？因为我们不是中学生了？还是因为我们不是老外？说来真是奇怪，我们身上似乎总是有一种力量，这种力量使得我们不敢表现得像一个中学生或者一个外国人那样天真和"无知"。我们在读书的时候不敢胡思乱想，这都是些很无聊的想象嘛！问这些问题，显得自己很幼稚，文学史都这样讲，你怎么还会有这些乱七八糟的疑问？这些问题问出来又有什么作用呢？谁也解答不了。但是这些问题问出来和不问出来是非常不一样的。虽然这些问题没有答案，但是问出这些问题就会带出很多问题，带出当时那个社会的"物质文化"的问题，比如竹简的问题，口头流传的问题，文本的传播方式的问题，是非常有意思的。这些"无知"的问题里面，包含了很多"有知"的人根本没想到的东西。所以我觉得，读书的时候把自己放到一个比较低的位置上，去天真幼稚地"胡思乱想"一下，说不准会有意想不到的收获。

四、阶段和顺序：野，从，通，物，来

读书这件事，在不同的阶段，有不同的方法，境界也不同。《庄子·寓言》里面，有一个人对另外一个人说进道的顺序，也可以看作是做学问的顺序，读书的顺序，说的是，"一年而野，二年而从，三年而通，四年而物，五年而来，六年而鬼入，七年而天成，八年而不知死，不知生，九年而大妙。"

"一年而野"，"野"就是粗狂、放纵、打开，这一点特别重要，刚刚开始的时候你一定要有一个大的局面，一定要放纵自己去打开这样一个大的局面。我们通常把开始的时候讲得小心翼翼，我觉得这未必就对。一开始的时候就要肆无忌惮，就要不知天高地厚。长三角这个地方，喝茶多是喝绿茶吧？喝绿茶的时候，有一种泡茶方式说水不能太开，水太开了就把茶叶烫坏了。福建那地方就不一样，喝铁观音，喝乌龙茶，小红袍大红袍，一定是滚烫的水来冲茶的，这样一冲下去茶叶的香味马上就出来了，如果不是滚烫的水，慢慢来的话，这样茶就完蛋了。当然我们也有一种说法是"冷水泡茶慢慢浓"，可能有的茶冷水泡了会慢慢浓出来，这个我不知道，但是绝大多数的茶如果水不开就冲泡的话，这个茶香永远就没有了，这个茶就废了。我不是长三角的人，喝绿茶也不习惯用八十度的水泡。我觉得读书也是这个道理，一开始一定要滚烫的水把这个局面冲开；这也像做饭，如果一开始做成了夹生饭，再要煮熟，就非常困难了。一开始的局面很可能包含以后的局面。孔子说十五岁有志于学，十五岁有志于学这个局面就包含了他从三十直到七十岁以后的境界，如果一开始没有这个局面的话，以后就没有了。我们通常也说，文章要放荡，做人要谨慎，是吧？这个"放荡"，如果放到阶段上来说也是一个初级阶段，也就是说一开始一定要"放"开来，"荡"开来，有个大的境界。写文章宁可写得像野马，也不要写得像瘦驴，也就是这个道理。下笔千言，离题万里，这个可不是容易的事。一开始你就把自己局限在一个很狭小的池塘里，那很可能一辈子就是这个池塘。所以我是觉得这个"野"，这个不知天高地厚，好像自己有浑身的能量使不完，觉得自己了不起，志存高远，这个很重要。但是这只是第一阶段。

"二年而从"。你这样"野"，一定会碰到很多困难、很多障碍克服不了，甚至可能会碰得头破血流，到这个时候，你就知道原来很多的事情不是那么容易就可以解决的，很多的事情比"野"那个时候以为的复杂得多。这就来了体会困难的阶段，体会困难是非常重要的，就是在体会困难、体会障碍的这个过程当中，你慢慢地从一个很高的地方回到地面来，"从"，就是从一个很高的地方下到一个比较平实的地方，降心而从。我们也看到，有的人他一直"野"的，很狂，二十岁很狂，三十岁很狂，到了五十岁他还很狂，这个当然也没有什么特别不好，但是他如果从二十岁到五十岁都没有长进，那我就觉得生命有些浪费。我觉得应该有一个由

"野"到"从"的过程，体会到困难，体会到世界的复杂性，在困难、挫折和复杂的体会中，自己的心理状态能够往下下来一点，平实一点。

"三年而通"，这个"通"，其实是平衡。贯通了"野"和"从"，然后达到一个比较平衡的状态。

有了这个一年，两年，三年——这个当然是指一个阶段，不一定就真是一年两年三年——基本解决的是一个人主观上的问题，就是读书的心理问题。

如果主观的问题解决得比较好，这个时候就可以来对待在自我之外的事物。"四年而物"，这个阶段，能够排除内心干扰而及物，和外面的世界发生关系。所谓的"格物"，就是到四年的这个阶段，"格物致知"。

"五年而来"，"来"是到我这里来，是到我的心里来。大千世界的万象都要到我的心里来，使我的心灵充实起来。我开始讲一个人一定要心"虚"，把心空出来，把心敞开，然后才能够"来"。如果没有"来"的话，我们光空空洞洞地讲自我，讲个人，讲主体，没有从外面来的东西，它就是一个很空洞的东西。

根据我自己的体会，只能体会到"五年而来"这个阶段。后面的我就不知道了，"六年而鬼入，七年而天成，八年而不知死，不知生，九年而大妙"，我现在没有体会。达到这样的阶段应该是很不容易的。

心香一瓣

爱读书，还要会读书。

不同阶段有不同的阅读感受，读书的境界也会随着成长脚印的增多而加深。

读书，重在交流。被作者书中的观点牵着鼻子走，或者试图以自己的思想去征服作者的思想，都是偏激的表现。

"学问之道无他，求其放心而已。"不受脑海中原有思想的干扰，以一种全新的状态去阅读，专心投入，才能吐故纳新，逐步提高自己的阅读品位和思想境界。

「作者简介」

张新颖（1967— ），文学博士，现任复旦大学中文系教授，中国现代文学研究会理事。主要从事中国现代文学研究和当代文学批评。著有《栖居与游牧之地》、《歧路荒草》、《迷失者的行踪》、《读书这么好的事》、《双重见证》等书。

随便翻翻

鲁迅

"随便翻翻"是用各种别的矿石来比的方法,很费事,没有用真的金矿来比的明白,简单。我看现在青年的常在问人该读什么书,就是要看一看真金,免得受硫化铜的欺骗。而且一识得真金,一面也就真的识得了硫化铜,一举两得了。

我想讲一点我的当作消闲的读书——随便翻翻。但如果弄得不好,会受害也说不定的。

我最初去读书的地方是私塾,第一本读的是《鉴略》,桌上除了这一本书和习字的描红格,对字(这是做诗的准备)的课本之外,不许有别的书。但后来竟也慢慢的认识字了,一认识字,对于书就发生了兴趣,家里原有两三箱破烂书,于是翻来翻去,大目的是找图画看,后来也看看文字。这样就成了习惯,书在手头,不管它是什么，总要拿来翻一下，或者看一遍序目，或者读几叶内容，到得现在，还是如此，不用心，不费力，往往在作文或看非看不可的书籍之后，觉得疲劳的时候，也拿这玩意来作消遣了，而且它也的确能够恢复疲劳。

倘要骗人，这方法很可以冒充博雅。现在有一些老实人，和我闲谈之后，常说我书是看得很多的，略谈一下，我也的确好像书看得很多，殊不知就为了常常随手翻翻的缘故，却并没有本本细看。还有一种很容易到手的秘本，是《四库书目提要》，倘还怕繁，那么，《简明目录》也可以，这可要细看，它能做成你好像看过许多书。不过我也曾用过正经工夫，如什么"国学"之类，请过先生指教，留心过学者所开的参考书目。结果都不满意。有些书目开得太多，要十来年才能看完，我还疑心他自己就没有看；只开几部的较好，可是这须看这位开书目的先生了，如果他是一位胡涂虫，那么，开出来的几部一定也是极顶胡涂书，不看还好，一看就胡涂。

我并不是说，天下没有指导后学看书的先生，有是有的，不过很难得。

这里只说我消闲的看书——有些正经人是反对的，以为这么一来，就"杂"！"杂"，现在又算是很坏的形容词。但我以为也有好处。譬如我们看一家的陈年账簿，每天写着"豆付三文，青菜十文，鱼五十文，酱油一文"，就知先前这几个钱就可买一天的小菜，吃够一家；看一本旧历本，写着"不宜出行，不宜沐浴，不宜上梁"，就知道先前是有这么多的禁忌。看见了宋人笔记里的"食菜事魔"，明人笔记里的"十彪五虎"，就知道"哦呵，原来'古已有之'。"但看完一部书，都是些那时的名人轶事，某将军每餐要吃三十八碗饭,某先生体重一百七十五斤半;或是奇闻怪事,某村雷劈蜈蚣精,某妇产生人面蛇,毫无益处的也有。这时可得自己有主意了,知道这是帮闲文士所做的书。凡帮闲,他能令人消闲消得最坏,他用的是最坏的方法。倘不小心,被他诱过去,那就坠入陷阱,后来满脑子是某将军的饭量,某先生的体重,蜈蚣精和人面蛇了。

讲扶乩的书,讲婊子的书,倘有机会遇见,不要皱起眉头,显示憎厌之状,也可以翻一翻;明知道和自己意见相反的书,已经过时的书,也用一样的办法。例如杨光先的《不得已》是清初的著作,但看起来,他的思想是活着的,现在意见和他相近的人们正多得很。这也有一点危险,也就是怕被它诱过去。治法是多翻,翻来翻去,一多翻,就有比较,比较是医治受骗的好方子。乡下人常常误认一种硫化铜为金矿,空口是和他说不明白的,或者他还会赶紧藏起来,疑心你要白骗他的宝贝。但如果遇到一点真的金矿,只要用手掂一掂轻重,他就死心塌地:明白了。

"随便翻翻"是用各种别的矿石来比的方法,很费事,没有用真的金矿来比的明白,简单。我看现在青年的常在问人该读什么书,就是要看一看真金,免得受硫化铜的欺骗。而且一识得真金,一面也就真的识得了硫化铜,一举两得了。

但这样的好东西,在中国现有的书里,却不容易得到。我回忆自己的得到一点知识,真是苦得可怜。幼小时候,我知道中国在"盘古氏开辟天地"之后,有三皇五帝,……宋朝,元朝,明朝,"我大清"。到二十岁,又听说"我们"的成吉思汗征服欧洲,是"我们"最阔气的时代。到二十五岁,才知道所谓这"我们"最阔气的时代,其实是蒙古人征服了中国,我们做了奴才。直到今年八月里,因为要查一点故事,翻了三部蒙古史,这才明白蒙古人的征服"斡罗思",侵入匈奥,还在征服全中国之前,那时的成吉思还不是我们的汗,倒是俄人被奴的资格比我们老,应该他们说"我们的成吉思汗征服中国,是我们最阔气的时代"的。

我久不看现行的历史教科书了,不知道里面怎么说;但在报章杂志上,却有时还看见以成吉思汗自豪的文章。事情早已过去了,原没有什么大关系,但也许正有着大关系,而且无论如何,总是说些真实的好。所以我想,无论是学文学的,学科学的,他应该先看一部关于历史的简明而可靠的书。但如果他专讲天王星,或海王星,虾蟆的神经细胞,或只咏梅花,叫妹妹,不发关于社会的议论,那么,自然,不看也可以的。

我自己,是因为懂一点日本文,在用日译本《世界史教程》和新出的《中国社会史》应应急的,都比我历来所见的历史书类说得明确。前一种中国曾有译本,但只有一本,后五本不译了,译得怎样,因为没有见过,不知道。后一种中国倒先有译本,叫作《中国社会发展史》,不过据日译者说,是多错误,有删节,靠不住的。

我还在希望中国有这两部书。又希望不要一哄而来,一哄而散,要译,就译他完;也不要删节,要删节,就得声明,但最好还是译得小心,完全,替作者和读者想一想。

心香一瓣

　　随便翻翻，读点杂书，未尝不是件好事。没有比较，就没有鉴别。一个人的鉴赏能力，就是在对良莠优劣的对比中培养出来的。

　　读杂书，不等于没有选择地看书。东啃一点，西啃一点，尝到的虽多，未必能很好地消化吸收。

　　读杂书，就像饭后补充的食物，要适当吸收其中的营养，才能对健康有益。只有善于思考归纳、总结吸收，才能使自己的知识变得"活"起来。

「作者简介」

　　鲁迅（1881—1936），原名周树人，字豫山、豫亭，后改名为豫才。浙江绍兴人。伟大的无产阶级文学家、思想家、革命家，新文化运动领导人，被称为"民族魂"。代表作有小说《狂人日记》、《呐喊》、《彷徨》、《故事新编》等，散文集《野草》、《朝花夕拾》，杂文集《华盖集》、《且介亭杂文》等。

读书杂谈

鲁迅

> 我们自动的读书，即嗜好的读书，请教别人是大抵无用，只好先行泛览，然后决择而入于自己所爱的较专的一门或几门；但专读书也有弊病，所以必须和实际社会接触，使所读的书活起来。

因为知用中学的先生们希望我来演讲一回，所以今天到这里和诸君相见。不过我也没有什么东西可讲。忽而想到学校是读书的所在，就随便谈谈读书。是我个人的意见，姑且供诸君的参考，其实也算不得什么演讲。

说到读书，似乎是很明白的事，只要拿书来读就是了，但是并不这样简单。至少，就有两种：一是职业的读书，一是嗜好的读书。所谓职业的读书者，譬如学生因为升学，教员因为要讲功课，不翻翻书，就有些危险的就是。我想在坐的诸君之中一定有些这样的经验，有的不喜欢算学，有的不喜欢博物，然而不得不学，否则，不能毕业，不能升学，和将来的生计便有妨碍了。我自己也这样，因为做教员，有时即非看不喜欢看的书不可，要不这样，怕不久便会于饭碗有妨。我们习惯了，一说起读书，就觉得是高尚的事情，其实这样的读书，和木匠的磨斧头，裁缝的理针线并没有什么分别，并不见得高尚，有时还很苦痛，很可怜。你爱做的事，偏不给你做，你不爱做的，倒非做不可。这是由于职业和嗜好不能合一而来的。倘能够大家去做爱做的事，而仍然各有饭吃，那是多么幸福。但现在的社会上还做不到，所以读书的人们的最大部分，大概是勉勉强强的，带着苦痛的为职业的读书。

现在再讲嗜好的读书罢。那是出于自愿，全不勉强，离开了利害关系的。——我想，嗜好的读书，该如爱打牌的一样，天天打，夜夜打，连续的去打，有时被公安局捉去了，放出来之后还是打。诸君要知道真打牌的人的目的并不在赢钱，而在有趣。牌有怎样的有趣呢，我是外行，不大明白。但听得爱赌的人说，它妙在一张一张的摸起来，永远变化无穷。我想，凡嗜好的读书，能够手不释卷的原因也就是这样。他在每一页每一页里，都得着深厚的趣味。自然，也可以扩大精神，增加智识的，但这些倒都不计及，一计及，便等于意在赢钱的博徒了，这在博徒之中，也算是下品。

不过我的意思，并非说诸君应该都退了学，去看自己喜欢看的书去，这样的时候还没有到；也许终于不会到，至多，将来可以设法使人们对于非做不可的事发生较多的兴味罢了。我现在是说，爱看书的青年，大可以看看本分以外的书，即课外的书，不要只将课内的书抱砖，但请不要误解，我并非说，譬如在国文讲堂上，应该在抽屉里暗看《红楼梦》之类；乃是说，应做的功课已完而有余暇，大可以看看各样的书，即使和本业毫不相干的，也要泛览。譬如学理科的，偏看看文学书，学文学的，偏看看科学书，看看别个在那里研究的，究竟是怎么一回事。这样子，对于别人，别事，可以有更深的了解。现在中国有一个大毛病，就是人们大概以为自己所学的一门是最好，最妙，最要紧的学问，而别的都无用，都不足道的，弄这些不足道的东西的人，将来该当饿死。其实是，世界还没有如此简单，学问都各有用处，要定什么是头等还很难。也幸而有各式各样的人，假如世界上全是文学家，到处所讲的不是"文学的分类"便是"诗之构造"，那倒反而无聊得很了。

不过以上所说的，是附带而得的效果，嗜好的读书，本人自然并不计及那些，就如游公园似的，随随便便去，因为随随便便，所以不吃力，因为不吃力，所以会觉得有趣。如果一本书拿到手，就满心想道，"我在读书了"、"我在用功了"，那就容易疲劳，因而减掉兴味，或者变成苦事了。

我看现在的青年，为兴味的读书的是有的，我也常常遇到各样的询问。此刻就将我所想到的说一点，但是只限于文学方面，因为我不明白其他的。

第一，是往往分不清文学和文章。甚至于已经来动手做批评文章的，也免不了这毛病。其实粗粗的说，这是容易分别的。研究文章的历史或理论的，是文学家，是学者；做做诗，或戏曲小说的，是做文章的人，就是古时候所谓文人，此刻所谓创作家。创作家不妨毫不理会文学史或理论，文学家也不妨做不出一句诗。然而中国社会上还很误解，你做几篇小说，便以为你一定懂得小说概论，做几句新诗，就要你讲诗之原理。我也尝见想做小说的青年，先买小说法程和文学史来看。据我看来，是即使将这些书看烂了，和创作也没有什么关系的。

事实上，现在有几个做文章的人，有时也确去做教授。但这是因为中国创作不值钱，养不活自己的缘故。听说美国小名家的一篇中篇小说，时价是二千美金；中国呢，别人我不知道，我自己的短篇寄给大书铺，每篇卖过二十元。当然要寻别的事，例如教书，讲文学。研究是要用理智，要冷静的，而创作须情感，至少总得发点热，于是忽冷忽热，弄得头昏，——这也是职业和嗜好不能合一的苦处。苦倒也罢了，结果还是什么都弄不好。那证据，是试翻世界文学史，那里面的人，几乎没有兼做教授的。

还有一种坏处，是一做教员，未免有顾忌；教授有教授的架子，不能畅所欲言。这或者有人要反驳：那么，你畅所欲言就是了，何必如此小心。然而这是事前的风凉话，一到有事，不知不觉地他也要从众来攻击的。而教授自身，纵使自以为怎样放达，下意识里总不免有架子在。所以在外国，称为"教授小说"的东西倒并不少，但是不大有人说好，至少，是总难免有令人发烦的炫学的地方。

所以我想，研究文学是一件事，做文章又是一件事。

第二，我常被询问：要弄文学，应该看什么书？这实在是一个极难回答的问题。先前也曾有几位先生给青年开过一大篇书目。但从我看来，这是没有什么用处的，因为我觉得那都是开书目的先生自己想要看或者未必想要看的书目。我以为倘要弄旧的呢，倒不如姑且靠着张之洞的《书目答问》去摸门径去。倘是新的，研究文学，则自己先看看各种的小本子，如本间久雄的《新文学概论》、厨川白村的《苦闷的象征》、瓦浪斯基们的《苏俄的文艺论战》之类，然后自己再想想，再博览下去。因为文学的理论不像算学，二二一定得四，所以议论很纷歧。如第三种，便是俄国的两派的争论，——我附带说一句，近来听说连俄国的小说也不大有人看了，似乎一看见"俄"字就吃惊，其实苏俄的新创作何尝有人绍介，此刻译出的几本，都是革命前的作品，作者在那边都已经被看作反革命的了。倘要看看文艺作品呢，则先看几种名家的选本，从中觉得谁的作品自己最爱看，然后再看这一个作者的专集，然后再从文学史上看看他在史上的位置；倘要知道得更详细，就看一两本这人的传记，那便可以大略了解了。如果专是请教别人，则各人的嗜好不同，总是格不相入的。

第三，说几句关于批评的事。现在因为出版物太多了，——其实有什么呢，而读者因为不胜其纷纭，便渴望批评，于是批评家也便应运而起。批评这东西，对于读者，至少对于和这批评家趣旨相近的读者，是有用的。但中国现在，似乎应该暂作别论。往往有人误以为批评家对于创作是操生杀之权，占文坛的最高位的，就忽而变成批评家；他的灵魂上挂了刀。但是怕自己的立论不周密，便主张主观，有时怕自己的观察别人不看重，又主张客观；有时说自己的作文的根柢全是同情，有时将校对者骂得一文不值。凡中国的批评文字，我总是越看越胡涂，如果当真，就要无路可走。印度人是早知道的，有一个很普通的比喻。他们说：一个老翁和一个孩子用一匹驴子驮着货物去出卖，货卖去了，孩子骑驴回来，老翁跟着走。但路人责备他了，说是不晓事，叫老年人徒步。他们便换了一个地位，而旁人又说老人忍心；老人忙将孩子抱到鞍鞒上，后来看见的人却说他们残酷；于是都下来，走了不久，可又有人笑他们了，说他们是呆子，空着现成的驴子却不骑。于是老人对孩子叹息道，我们只剩了一个办法了，是我们两人抬着驴子走。无论读，无论做，倘若旁征博访，结果是往往会弄到抬驴子走的。

不过我并非要大家不看批评，不过说看了之后，仍要看看本书，自己思索，自己做主。看别的书也一样，仍要自己思索，自己观察。倘只看书，便变成书厨，即使自己觉得有趣，而那趣味其实是已在逐渐硬化，逐渐死去了。我先前反对青年躲进研究室，也就是这意思，至今有些学者，还将这话算作我的一条罪状哩。

听说英国的培那特萧（Bernard Shaw），有过这样意思的话：世间最不幸的是读书者。因为他只能看别人的思想艺术，不用自己。这也就是勖本华尔（Schopenhauer）之所谓脑子里给别人跑马。较好的是思索者。因为能用自己的生活力了，但还不免是空想，所以更好的是观察者，他用自己的眼睛去读世间这一部活书。

这是的确的，实地经验总比看、听、空想确凿。我先前吃过干荔枝，罐头荔枝，陈年荔枝，并且由这些推想过新鲜的好荔枝。这回吃过了，和我所猜想的不同，非到广东来吃就永不会知道。但我对于萧的所说，还要加一点骑墙的议论。萧是爱尔兰人，立论也不免有些偏激的。我以为假如从广东乡下找一个没有历练的人，叫他从上海到北京或者什么地方，然后问他观察所得，我恐怕是很有限的，因为他没有练习过观察力。所以要观察，还是先要经过思索和读书。总之，我的意思是很简单的：我们自动的读书，即嗜好的读书，请教别人是大抵无用，只好先行泛览，然后抉择而入于自己所爱的较专的一门或几门；但专读书也有弊病，所以必须和实际社会接触，使所读的书活起来。

心香一瓣

职业的读书,尽管有点功利,有时候却是不可避免的,要少受罪,就要学会从书籍中发现乐趣。惟有嗜好读书,才能把书真正读好。

"世界像部书,不外出考察就仅仅只读了其中的一页。"只有把读书和实际生活相结合,常思索,多观察,善运用,才能把书读活。

[作者简介]

鲁迅(1881—1936),原名周树人,字豫山、豫亭,后改名为豫才。浙江绍兴人。伟大的无产阶级文学家、思想家、革命家,新文化运动领导人,被称为"民族魂"。代表作有小说《狂人日记》、《呐喊》、《彷徨》、《故事新编》等,散文集《野草》、《朝花夕拾》,杂文集《华盖集》、《且介亭杂文》等。本文为鲁迅先生1927年7月16日在广州知用中学的演讲。

乐 书

宗璞

> 古人说读书得间，就是要在字里行间得到弦外之音，象外之旨，得到言语传达不尽的意思。

多年以前，读过一首《四时读书乐》，现在只记得四句："读书之乐乐何如？绿满窗前草不除。""读书之乐乐无穷，瑶琴一曲来熏风。"这是春夏的情景，也是读书的乐境。"绿满窗前草不除"一句，是形容生意盎然的自由自在的情趣。"瑶琴一曲来熏风"一句，是形容炎炎夏日中书会给人一个清凉世界。这种乐境只有在读书时才会有。

作者写书总是把他这个人最有价值的一面放进书里，他在写书的时候，对自己已经进行了过滤。经常读书，接触的都是别人的精华。读书本身就是一件聪明的事，也是一件快乐的事。陶渊明说："每有会意，便欣然忘食。"金圣叹读到《西厢记》"不瞅人待怎生"一句，感动得三日卧床不食不语。这都是读书的至高境界。不只是书本身的力量，也需要读者的会心。

我不是一个做学问的读书人，读书缺少严谨的计划，常是兴之所至。虽然不够正规，也算和书打了几十年交道。我想，读书有一个分—合—分的过程。

分就是要把各种书区分开来，也就是要有一个选择的过程。现在书出得极多，有人形容，写书的比读书的还多，简直成了灾。我看见那些装帧精美的书，总想着又有几棵树冤枉地献身了。"开卷有益"可以说是一句完全过时的话。千万不要让那些假冒伪劣的"精神产品"侵蚀。即便是列入必读书目的，也要经过自己慎重选择。有些书评简直就是一种误导，名实不符者极多，名实相悖者也有。当然可读的书更多。总的说来，有的书可精读，有的书可泛读，有的书浏览一下即可。美国教授老温德告诉我，他常用一种"对角线读书法"，即从一页的左上角一眼看到右下角。这种读书法对现在的横排本也很适用。不同的读法可以有不同的收获，最重要的是读好书，读那些经过时间圈点的书。

书经过区分，选好了，读时就要合。古人说读书得间，就是要在字里行间得到弦外之音、象外之旨，得到言语传达不尽的意思。朱熹说读书要"涵泳玩索，久之自有所见"，涵泳在水中潜行，也就是说必须入水，与水相合，才能了解水，得到滋养润泽。王国维谈读书三境界，第三种境界是"蓦然回首，那人却在灯火阑珊处"，这种豁然贯通，便是一种会心。在那一刻间，读者必觉作者是他的代言人，想到他所不能想的，说了他所不会说不敢说的，三万六千毛孔也都张开来，好不畅快。

古时有人自外回家，有了很大变化，人们议论，说他不是遇见了奇人，就是遇见了奇书。书对人的影响是非常大的。不过要使书真的为自己所用，就要从合中跳出来，再有一次分，把书中的理和自己掌握的理参照而行。虽然自己的理不断受书中的理影响，却总能用自己的理去衡量、判断、实践。用现在的话说就是活学活用，用文一点的话，就叫做"六经注我"。读书到这般地步不只有乐，而且有成矣。

其实，这些都是废话，每个人有自己的读书法，平常读书不一定都想得那么多，随意翻阅也是一种快乐。我从小喜欢看书，所以得了一双高度近视眼。小时候家里人形容我一看书就要吃东西，一吃东西就要看书，可见不是个正襟危坐的学者，最多沾染了些书呆气，或美其名曰书卷气。因为从小在书堆中长大，磕头碰脑都是书，有一阵子很为其困扰，曾写了《恨书》、《卖书》等文，颇引关注。后来把这些朋友都安排到妥当或不甚妥当的去处，却又觉得很为想念，眼皮子底下少了这一箱那一柜或索性乱堆着的书，确实失去了很多。原来走到房屋的每一个角落，都可以接触到各种宏论，感受到各种情感，这里那里还不时会冒出一个个小故事。虽然足不出户，书把我的生活从时空上都拓展了。因为思念，曾想写一篇《忆书》，也只是想想而已。近几年来眼疾发展，几乎不能视物，和书也久违了。幸好科学发达，经治疗后，忽然又看见了世界，也看见经过整顿后书柜里的书。我拿起几部特别喜爱的线装书抚摩着，一部《东坡乐府》，一部《李义山诗集》，一部《世说新语》。还有一部《温飞卿诗集》，字特别大，我随手翻到"捣麝成尘香不灭，拗莲作寸丝难绝"，不觉一惊，现在哪里还有这样的真诚和执著呢。

寒暑交替，我们的忙总无变化，忙着做各种有意义和无意义的事。我和老伴现在最大的快乐就是每晚在一起读书，其实是他念给我听。朋友们称赞他的声音厚实有力，我通过这声音得到书的内容，更觉得丰富。书房中有一副对联："把酒时看剑，焚香夜读书。"我们也焚香，不过不是龙涎香、鸡舌香，而是最普通的蚊香，以免蚊虫骚扰。古人焚香或也有这个用处？

四时读书乐，另两时记不得了。乃另诌了两句，曰："读书之乐何处寻？秋水文章不染尘。""读书之乐乐融融，冰雪聪明一卷中。"聊充结尾。

心香一瓣

"读书乐","乐"从何来？培根说："阅读使人充实。"读书原本是件劳神费力的苦事，而从书中获取的多方面充实感，则会扫去这些疲惫。读一本好书，有助于提神静气、愉悦身心。

"分—合—分"，只有会读书、将书读活的人，才能抵达作者在书中描绘的境界，读懂书中字里行间所要传达出来的意与情，尽情享受书中无穷无尽的乐趣。

「作者简介」

宗璞（1928— ），原名冯钟璞，笔名有任小哲、丰非等。著名哲学家冯友兰之女。毕业于清华大学外文系。她的小说，语言明丽而含蓄，流畅而有余韵，颇具特色。她的散文情深意长，隽永如水。著有短篇小说《弦上的梦》、中篇小说《三生石》等，曾获全国优秀中短篇小说奖。

流泪的阅读

彭程

我欣慰于久违的泪水。它让我获得一种对于自身的确证，使我知道，内心深处的某种东西并没有死去。眼泪天然地与善良和怜悯有关。

从什么时候起，我们在阅读作品时，疏远了甚至隔绝了泪水？

我记得那些曾经与眼泪伴随的阅读。为杜甫的"三吏"与"三别"，为窦娥感天动地的冤屈，为《祝福》中祥林嫂的不幸命运，为陀思妥耶夫斯基的众多被侮辱与被损害的人们，为契诃夫笔下满腔痛苦无处诉说只能讲给马听的马车夫，也为那个在鞋店作学徒的可怜的孤儿万卡——他将一封写着"乡下爷爷收"的信投进邮箱，天真地盼望着爷爷会来接他……不久前，为女儿读《卖火柴的小女孩》，念到最后，小女孩冻死前在火柴的光焰中看到死去的祖母时，女儿惊异地问："爸爸，你怎么哭了？"

我欣慰于久违的泪水。它让我获得一种对于自身的确证，使我知道，内心深处的某种东西并没有死去。眼泪天然地与善良和怜悯有关。

土耳其古典诗人玉外纳写道："当大自然把眼泪赐给人类时，就宣布他们是仁慈的人。心慈是人最美好的品性。"华兹华斯的一句话，则进一步标举了一个写作者应当确立的姿态："为人类的苦难而落泪是理所当然的。"

当然，拨动泪腺的并非只有苦难，只有对呻吟的弱者的同情。眼泪更为感动而流淌。为朱自清笔下父亲穿棉布袍子的笨重的背影，朴素的文字下跳动着至爱亲情；为《红岩》中的英雄群体，他们让人看到，信仰曾经具有抵抗死神的力量；为安徒生童话中的海的女儿美人鱼公主，为了获得王子的爱情，不惜牺牲生命；为前苏联小说《这里的黎明静悄悄……》中那些年轻女兵，用柔弱的身躯抗击侵略者，花朵般的生命殒落在德寇的枪口下；也为美国犹太作家辛格笔下的吉姆佩尔，受尽欺骗嘲弄，被人们称为傻瓜，但他始终不渝地相信"好人靠信念生活"，以自己一生的善良、忠诚、以德报怨，映衬出世人精明乖巧后面的愚蠢堕落，强烈的反讽效果震撼人心……他们体现了作为人的尊严，显示了爱与献身的价值，标举了正当生活应该遵循的原则，让人仰望。眼眶湿润时，我们也分明听到了灵魂对自我的激励。

然而在如今的作品中，能够这样打动我们的，寥若晨星。

我不相信从外部寻找原因的种种说辞。不在于高科技时代新的艺术手段颠覆了传统的文学阅读,也不在于纷繁膨胀的信息壅塞了人的感受能力。这些都不是最重要的。人的进化是以万年为单位的,人性的历史比科技久远而坚固。为亲人故去哭泣,为年华易逝怅惋,为爱情而迷醉,或者辗转不眠,这些情感表现,无论是在遥远的诗经楚辞的年月,还是在即将到来的基因时代,不会有太大区别。

最简单也最合理的解释是,当今的作品中缺乏情感力量。什么都有,唯独心灵缺席。以客观超然的姿态,不动声色地从事所谓零度写作,已经成了今天的美学时尚。作家们谦逊地声称作品是写来自娱的,声明并不奢望打动读者,有意回避感动,而热衷于表达世俗的、琐碎的感情纠葛和情操。他们可以不吝笔墨地写疯狂、变态、乖戾、神经质,描绘种种情感的深渊和暗处,却小心翼翼地提防着写到感动,似乎那样做是幼稚的。躲避虚假的崇高也就罢了,我们曾受过它的愚弄,但连真正的、朴实的感动也要躲避,对真实的人性光辉视而不见,这就很不应该。其实质便是主体关怀的缺失,精神境界的平庸和暧昧。

这种意识之下产生的作品,可以有繁复精巧的结构,幽微纤细的感觉,层出不穷的形式感,娴熟艰难的技巧,然而缺少一样东西:感动。于是我们只能和泪水隔绝了。

当然明白,情感只是文学诸种功能中的一种,而眼泪也只是情感反应方式之一。不能指望读博尔赫斯会泪流满面,他的作品体现为一种卓异的洞察,时间循环无限,命运仿佛迷宫,阅读的愉悦来自智慧的被充分调遣,来破解一个大谜。在卡夫卡的世界中,甲虫,地洞,城堡,都和绝对的灾难紧密相连。它们唤起了惊骇、恐怖、绝望，都是比流泪更严重的体验。雨果说："比天空更浩瀚的是人心。"对于这个宇宙的每一律动，有理由加以充分的、多方面的捕捉和描绘，也因此才造就了文学的浩瀚。但就其本质而言，情感却始终是最重要的，一部使人落泪的作品，该是比其他种种尺度的评判更可信赖。对每篇作品都提出这种要求，既偏狭又不现实，然而在当今巨量刊登的作品中，如果这样的篇章连最基本的比例都不具备，那我们应该检讨反省一番了。形形色色的苦难和伤害依然存在，不只是贫穷，还有冷漠、隔膜、不公，最广泛意义上的人的异化，它们并不因为物质时代的来临而消失，顶多变换一种存在方式。而同时，为正义和荣誉而牺牲，为爱而献身，种种可歌可泣的情操和事迹，也依然像过往的许多个世纪一样。呼唤泪水和感动——这是超越时间的人性的要求，不过在今天它们格外短缺，需要特别强调才是。

因为泪水代表一个向度。泪水发源自人性中最深沉、柔软的部分，是对人生苦难最强烈的感知和怜悯，是对世界的残缺和不公的刻骨铭心的感觉，也是对至善至美境界的向往，是爱的无声的语言。正是它，准确地说正是产生泪水的那类灵魂的性质，在默默地同时也是坚韧地抵御和掣肘恶意、伤害和残酷，维持了最基本的人性秩序。它飘洒的疆域，在希望和绝望、罪孽与德性、最深沉的爱和最强烈的恨……总之，在情感的两极之间。这个范围是那么宽广深厚，简直就是整个生活。不能想象，一部用心血写就的作品里没有它的踪迹，更不能想象一个真正的艺术家会漠不关心。它是灵魂自然的分泌。在散文《想北平》的结尾，老舍写道："好，不再说了吧；要流泪了，真想念北平呀！"这句简单的话里，却蕴藏了产生这一生理—心理现象的丰富的密码,远远超出其字面的含义。

泪水在流淌……流泪实际上是一种能力,是我们的灵魂仍然能够感动的标志。不应该为流泪羞怯,相反,要感到高兴欣慰。古典悲剧正是通过使观众流泪,达到净化其灵魂的目的。由此也不妨说,眼泪也是一种尺度,据此正可以检测一颗灵魂的质地。对于作品和作者,读者的泪水是表达敬意的最好方式,而对读者本身,也是一种自我的确证,表明他依旧拥有质朴健全的人性。在使人流泪的作品和流泪的读者之间,展现的是健康的精神生态。老托尔斯泰在听到柴可夫斯基的《如歌的行板》时,感动得热泪盈眶,想想这样的事情,胸怀会明净许多。泪水和神性之间,是天然的结盟。泪水的匮乏,在极端的意义上,也便意味着灵魂的缺席。

必须激发、培养和存储我们内心的感动的能量,像水库蓄水一样。

对作家,这是无法推诿的职责,其重要性远远高于技艺,甚至智慧都应受到它的导引。只有本身是满盈的,才能够施予。鲁迅说过"创作原本根植于爱",而眼泪正是一种极端的证明方式。让泪水充满作品吧,灵魂会因之而飞升。

心香一瓣

泪眼婆娑中，是一颗未曾麻木的心灵。留存一份悲天悯人的情怀，是心地依旧善良的体现。

没有泪水的人，灵魂是单调的、毫无生气的。在为物质生活的奔波中，多少人的精神被麻痹了，不轻易感动，不轻易流泪……

阅读，能够滋润我们的心田。徜徉于书海，聆听作者的内心独白，感悟纷繁的社会人生，能够使灵魂得到洗净，心灵得到丰富，境界得到提升。

饭不可以一日不吃，书不可以一日不读。让自己的心灵经常接受下书卷的熏陶吧。

「作者简介」

彭程（1963— ），编辑、作家。毕业于北京大学中文系。曾在光明日报社任编辑。著有《红草莓》、《镜子和容貌》、《漂泊的屋顶》、《急管繁弦》等著作。

恋爱般的阅读（节选）

蒋子龙

爱人生的人才会有这般恋爱似的阅读，对世界充满好奇，渴望了解所居住的世界。而狂热的阅读又丰富精神，精神丰富就如同心底里有一片阳光，站在阳光里，心与阳光共同升腾，人生变成一个朝圣的旅程。

读好书如遭遇一场恋爱。

读苏格拉底，我感到了一种踉跄，一种窒息，一种焦灼，更加渴望，更加需要，便忘情地扑向对方的怀里。喃喃自语：我的身，我的心都需要你的拥抱。我也紧紧地拥抱你，没有羞涩，没有胆怯，没有邪恶。如果天性是一个东倒西歪，那就收获一个东倒西歪的快乐吧。

读托尔斯泰，觉得自己的精神辉煌富丽，像一个容光焕发的贵妇，携带着生命中全部明丽耀眼的财富，在爱与欢乐的沐浴中，灵魂因饱满而跳荡，散发出甜蜜的芬芳：人类的上帝就是生命着的自己，生命的原本不是让你去报答上帝，而是要成为上帝。

　　读尼采，感到每句话都是烈性炸药，尖锐地呼啸着，抛给他一个又一个的黑棺，人的生命空间包裹在死神的灵魂中。这让我震颤，却得到了恐怖的启悟，在心灵仿佛被炸毁、被掏空的同时，却分明又感到身体内部有种强烈的抑制不住的灼热的燃烧，那是一双从未感触过的横溢生命的手，没有任何规则的浸染，将我别开生面地抚摸。我惊愕，生命还有这么多膨胀敏感的部位，使生命里所有的感觉都耸立起来，感受到从未有过的颤乐……

　　这是青年散文作家韩春旭在《我的精神》一书中的自述。

　　当然，这是精神恋爱。许多年来，"柏拉图式的精神恋爱"成了贬义词，世界早已经进入物质时代，现代人无一不是凶猛的物质动物。甚至连阅读也更具功利性了：为学位，为求职，为升官，为发财，为寻求刺激……因此不必投入感情，对书读而不爱，甚至相反，冷漠而排斥。不投入感情就不会读出感情，没有智慧就无法吸纳智慧，冷落了书籍也必荒废了思想。好吧，大家物质了几十年之后，突然生出了疑惑：物质极大的丰富了，为什么还不快活？

　　原来人的满足感只来自精神上的感受，物欲是永远不会满足的。而世界上最丰富的东西就是精神，任何一个生命都是一个完整的圆，物质的另一半是不可缺少的精神。谁只想要其中一半，谁的生活就不再完满，所有的烦恼痛苦都出来了。

　　通过阅读使自己的精神随时能处于恋爱状态的人，灵魂会开出了花朵，骨子里有种善，在强调硬心肠的竞争社会，能保持心的柔软。柔软的心才会滋润，能迅速修复不可避免的创伤，并学会尊重生命本身的原则：自己生活，让别人也生活。

爱人生的人才会有这般恋爱似的阅读，对世界充满好奇，渴望了解所居住的世界。而狂热的阅读又丰富精神，精神丰富就如同心底里有一片阳光，站在阳光里，心与阳光共同升腾，人生变成一个朝圣的旅程。

心香一瓣

　　古人云，三日不读书，便觉面目可憎。

　　书籍，是一种精神营养。远离书籍的人，内心必定是单纯鄙薄的。

　　书籍，是人生永远可与之对话的伴侣。有书可读的人，思想才不会单调，灵魂才不会孤单，心底才会永存希望的阳光。

「作者简介」

　　蒋子龙（1941— ），河北沧县人。现代中国作家协会副主席、天津作家协会主席、天津文联副主席。代表作有小说《乔厂长上任记》、《阴差阳错》、《蛇神》、《子午流星》等。

童年读书（节选）

莫言

> 一个高贵的人并不意识到自己的高贵才是真正的高贵；一个高贵的人能因自己的过失向比自己低贱的人道歉是多么可贵。

我童年时的确迷恋读书。那时候既没有电影更没有电视，连收音机都没有。只有在每年的春节前后，村子里的人演一些《血海深仇》、《三世仇》之类的忆苦戏。在那样的文化环境下，看"闲书"便成为我的最大乐趣。我体能不佳，胆子又小，不愿跟村里的孩子去玩上树下井的游戏，偷空就看"闲书"。父亲反对我看"闲书"，大概是怕我中了书里的流毒，变成个坏人；更怕我因看"闲书"耽误了割草放羊；我看"闲书"就只能像地下党搞秘密活动一样。后来，我的班主任家访时对我的父母说其实可以让我适当地看一些"闲书"，形势才略有好转。

但我看"闲书"的样子总是不如我背诵课文或是背着草筐、牵着牛羊的样子让我父母看着顺眼。人真是怪,越是不让他看的东西、越是不让他干的事情,他看起来、干起来越有瘾,所谓偷来的果子吃着香就是这道理吧。我偷看的第一本"闲书",是绘有许多精美插图的神魔小说《封神演义》,那是班里一个同学的传家宝,轻易不借给别人。我为他家拉了一上午磨才换来看这本书一下午的权利,而且必须在他家磨道里看并由他监督着,仿佛我把书拿出门就会去盗版一样。这本用汗水换来短暂阅读权的书留给我的印象十分深刻,那骑在老虎背上的申公豹、鼻孔里能射出白光的郑伦、能在地下行走的土行孙、眼里长手手里又长眼的杨任,等等等等,一辈子也忘不掉啊。所以前几年在电视上看了连续剧《封神演义》,替古人不平,如此名著,竟被糟蹋得不成模样。其实这种作品,是不能弄成影视的,非要弄,我想只能弄成动画片,像《大闹天宫》、《唐老鸭和米老鼠》那样。

后来又用各种方式,把周围几个村子里流传的几部经典如《三国演义》、《水浒传》、《儒林外史》之类,全弄到手看了。那时我的记忆力真好,用飞一样的速度阅读一遍,书中的人名就能记全,主要情节便能复述,描写爱情的警句甚至能成段地背诵。现在完全不行了。后来又把"文革"前那十几部著名小说读遍了。记得从一个老师手里借到《青春之歌》时已是下午,明明知道如果不去割草羊就要饿肚子,但还是挡不住书的诱惑,一头钻到草垛后,一下午就把大厚本的《青春之歌》读完了。身上被蚂蚁、蚊虫咬出了一片片的疙瘩。从草垛后晕头涨脑地钻出来,已是红日西沉。我听到羊在圈里狂叫,饿的。我心里忐忑不安,等待着一顿痛骂或是痛打。但母亲看看我那副样子，宽容地叹息一声，没骂我也没打我，只是让我赶快出去弄点草喂羊。我飞快地蹿出家院，心情好得要命，那时我真感到了幸福。

我的二哥也是个书迷，他比我大五岁，借书的路子比我要广得多，常能借到我借不到的书。但这家伙不允许我看他借来的书。他看书时，我就像被磁铁吸引的铁屑一样，悄悄地溜到他的身后，先是远远地看，脖子伸得长长，像一只喝水的鹅，看着看着就不由自主地靠了前。他知道我溜到了他的身后，就故意地将书页翻得飞快，我一目十行地阅读才能勉强跟上趟。他很快就会烦，合上书，一掌把我推到一边去。但只要他打开书页，很快我就会凑上去。他怕我趁他不在时偷看，总是把书藏到一些稀奇古怪的地方，就像革命样板戏《红灯记》里的地下党员李玉和藏密电码一样。但我比日本宪兵队长鸠山高明得多，我总是能把我二哥费尽心机藏起来的书找到；找到后自然又是不顾一切，恨不得把书一口吞到肚子里去。有一次他借到一本《破晓记》，藏到猪圈的棚子里。我去找书时，头碰了马蜂窝，嗡的一声响，几十只马蜂蜇到脸上，奇痛难挨。但顾不上痛，抓紧时间阅读，读着读着眼睛就睁不开了。头肿得像栳斗，眼睛肿成了一条缝。我二哥一回来，看到我的模样，好像吓了一跳，但他还是先把书从我手里夺出来，拿到不知什么地方藏了，才回来管教我。他一巴掌差点把我扇到猪圈里，然后说：活该！我恼恨与疼痛交加，呜呜地哭起来。他想了一会儿，可能是怕母亲回来骂，便说：只要你说是自己上厕所时不小心碰了马蜂窝，我就让你把《破晓记》读完。我非常愉快地同意了。但到了第二天，我脑袋消了肿，去跟他要书时，他马上就不认账了。我发誓今后借了书也决不给他看，但只要我借回了他没读过的书，他就使用暴力抢去先看。有一次我从同学那里好不容易借到一本《三家巷》，回家后一头钻到堆满麦秸草的牛棚里，正看得入迷，他悄悄地摸进来，一把将书抢走，说：这书有毒，我先看看，帮你批判批判！他把我的《三家巷》揣进怀里跑走了。我好恼怒！但追又追不上他，追上了也打不过他，只能在牛棚里跳着脚骂他。几天后，他将《三家巷》扔给我，说：赶快还了去，这书流氓极了！我当然不会听他的。

　　读罢《三家巷》不久，我从一个很赏识我的老师那里借到了一本《钢铁是怎样炼成的》。晚上，母亲在灶前忙饭，一盏小油灯挂在门框上，被腾腾的烟雾缭绕着。我个头矮，只能站在门槛上就着如豆的灯光看书。我沉浸在书里，头发被灯火烧焦也不知道。保尔和冬妮娅，肮脏的烧锅炉小工与穿着水兵服的林务官的女儿的迷人的初恋，实在是让我梦绕魂牵，跟得了相思病差不多。多少年过去了，那些当年活现在我脑海里的情景还历历在目。保尔在水边钓鱼，冬妮娅坐在水边树杈上读书……哎，哎，咬钩了，咬钩了……鱼并没咬钩。冬妮娅为什么要逗这个衣衫褴褛、头发蓬乱、浑身煤灰的穷小子呢？冬妮娅出于一种什么样的心态？保尔发了怒，冬妮娅向保尔道歉。然后保尔继续钓鱼，冬妮娅继续读书。她读的什么书？是托尔斯泰的还是屠格涅夫的？她垂着光滑的小腿在树杈上读书，那条乌黑粗大的发辫，那双湛蓝清澈的眼睛……保尔这时还有心钓鱼吗？如果是我，肯定没心钓鱼了。从冬妮娅向保尔真诚道歉那一刻起，童年的小门关闭，青春的大门猛然敞开了，一个美丽的、令人遗憾的爱情故事开始了。我想，如果冬妮娅不向保尔道歉呢？如果冬妮娅摆出贵族小姐的架子痛骂穷小子呢？那《钢铁是怎样炼成的》就没有了。一个高贵的人并不意识到自己的高贵才是真正的高贵；一个高贵的人能因自己的过失向比自己低贱的人道歉是多么可贵。我与保尔一样，也是在冬妮娅道歉那一刻爱上了她。说爱还早了点，但起码是心中充满了对她的好感，阶级的壁垒在悄然地瓦解。接下来就是保尔和冬妮娅赛跑，因为恋爱忘了烧锅炉；劳动纪律总是与恋爱有矛盾，古今中外都一样。美丽的贵族小姐在前面跑，锅炉小工在后边追……最激动人心的时刻到了：冬妮娅青春焕发的身体有意无意地靠在保尔的胸膛上……看到这里，幸福的热泪从高密东北乡的傻小子眼里流了下来。接下来，保尔剪头发，买衬衣，到冬妮娅家做客……我是三十多年前读的这本书，之后再没翻过，但一切都在眼前，连一个细节都没忘记。我当兵后看过根据这部小说改编的电影，但失望得很，电影中的冬妮娅根本不是我想象中的冬妮娅。保尔和冬妮娅最终还是分道扬镳，成了两股道上跑的车，各奔了前程。当年读到这里时，我心里那种滋味难以说清。我想如果我是保尔……但可惜我不是保尔……我不是保尔也忘不了临别前那无比温馨甜蜜的一夜……冬妮娅家那条凶猛的大狗，狗毛温暖，冬妮娅皮肤凉爽……冬妮娅的母亲多么慈爱啊，散发着牛奶和面包的香气……后来在筑路工地上相见，但昔日的恋人之间竖起了黑暗的墙，阶级和阶级斗争，多么可怕。但也不能说保尔不对，冬妮娅即使嫁给了保尔，也注定不会幸福，因为这两个人之间的差别实在是太大了。保尔后来又跟那个共青团干部丽达恋爱，这是革命时期的爱情，尽管也有感人之处，但比起与冬妮娅的初恋，缺少了那种缠绵悱恻的情调。最后，倒霉透顶的保尔与那个苍白的达雅结了婚。这桩婚事连一点点烂漫情调也没有。看到此处，保尔的形象在我童年的心目中就暗淡无光了。

读完《钢铁是怎样炼成的》,"文化大革命"就爆发,我童年读书的故事也就完结了。

书籍，是人类的精神食粮。对于爱读书的人来说，一日不读书，便觉面目可憎；一月不读书，便觉耳目失清爽。

在缺少书籍的年代里，读书是种奢侈的享受，而在今天传媒繁荣发展的年代里，却很少有人能够静下心来读书。这不能不引起我们的反思。

国民阅读率的持续偏低，拷问着我们：在为物质生活奔波劳碌的同时，我们是否忽视了自己的精神生活？是否正在远离久违的书香？

莫言（1955— ），原名管谟业，生于山东高密县。中国当代著名作家。他自20世纪80年代中以一系列乡土作品崛起，充满着"怀乡"以及"怨乡"的复杂情感，被归类为"寻根文学"作家。代表作有长篇小说《红高粱》、《酒国》、《生死疲劳》等。

读书之道少年始

止庵

从前有人写过《一生的读书计划》，倒是可以借用这题目，把先读什么后读什么，大致安排一个顺序。最要紧的还是"少"那一段。因为读书乐趣，多半是在这时养成；口味不对，就此倒了胃口亦未可知。

"少不看《水浒》，老不看《三国》"之类的话，现在大概没人信了；但是"少"该看什么，"老"该看什么，的确是个问题。或许这个"该"字不很恰当，那么改说"适宜"罢，而且不妨完全从读者主观需要那一方面考虑。以一己经验论，"老少咸宜"的书并非常见，往往早看了不懂，晚看了又没意思了；恰得其时，读来顶有意思，收益最大。从前有人写过《一生的读书计划》，倒是可以借用这题目，把先读什么后读什么，大致安排一个顺序。最要紧的还是"少"那一段。因为读书乐趣，多半是在这时养成；口味不

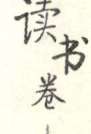

对，就此倒了胃口亦未可知。

我这番话，讲得好像没头没脑；乃是看到一套"美国学生课外阅读丛书"，有感而发。据该丛书卷首"致读者"介绍，"这是一套由美国国家人文学科基金会推荐给从幼儿园孩子直到高中十二年级学生的课外阅读丛书，共三百种……三百种书按照四个年龄段划分。第一个年龄段是从幼儿园到小学三年级，第二段是四到六年级，第三段是七到八年级（相当于我国初中），第四段是九到十二年级（相当于我国高中）。"中文版只从中选出三十五种，但仍顾及上述四个阶段。

所谓"有感而发"，是在两个方面。其一，这里体现的读书之道，不仅科学合理，而且切实可行。目下的阅读状况，实在不敢恭维；而欲加以改善，恐怕除了从教育入手，寄希望于下一代，别无他种办法。类似"美国学生课外阅读丛书"等，于此或许有助益焉。退一步讲，即使彼辈将来不再以阅读为乐事，当年看过若干好书，在文化修养上也算打了点儿底子。

其二，说来惭愧，这些书中颇有不少，我还是头一遭见着。推荐给幼儿园到小学三年级和四到六年级者，从前只读过一两本而已，因为我在这个年龄，压根儿找不到书看。推荐给七到八年级和九到十二年级者，虽然大多读过，到手却都迟了。回顾平生，此类缺憾甚多；时代使然，没有法子。所以谈及读书，自家并无成功经验。只是对如今孩子们的际遇，特感歆羡罢了。读书之事，一要有书可读，二要有人愿读；反观过去几十年间，总也凑不到一块儿。

孔子有云："往者不可谏，来者犹可追。"（《论语·微子》）"美国学生课外阅读丛书"取舍颇为用心，每本入选都自有道理，既顾及教育导向，又注意阅读口味，我很愿意推荐给小读者们。至于我自己，无复往昔的意趣与眼光了。不如站在成年人的立场，另外讲几句话。

我把这套书翻阅一过，觉得前三阶段的书是为一类，后一阶段的书是为一类。对于前者，说老实话兴致已经不大；后者则当另眼看待。《本杰明·富兰克林自传》、《瓦尔登湖》、《螺丝在拧紧》、《红色的英勇标志》、《我的安东妮亚》和《了不起的盖茨比》等，虽然是推荐给九到十二年级学生的，阅读却不为此年龄所限。而且书中寓意，恐怕不是高中生能够真正理解。只是说，到了这个阶段，就应该开始接触。以后阅历渐深，恐怕还要重新读过；那时体会，自非当年可比。我以初高中之交为界，将所读书籍划为两类，与前面说的书分"少"、"老"，其实是一回事。虽然高中之于后一阶段而言，无非刚刚起步。"美国学生课外阅读丛书"跨越两个阶段，当是考虑到了这一点，寄意乃在循序渐进，不断提高。

入选丛书者多为现当代世界名著，"有小说、诗歌、散文、戏剧故事、图画书、童话以及名人传记。小说中包括科幻小说、动物小说、奇幻小说、探宝小说、侦探小说、恐怖小说以及反映现当代生活的现实主义小说和浪漫主义小说。"毋庸一一饶舌介绍。只说一点：为每一阶段挑选诸书，如果依循某种顺序来读，效果或许更佳。而现在后勒口上的排列，似乎对此未加留意。即以推荐给九到十二年级学生的六本而言，据一己经验，最好按照写作时间先后读之。譬如斯蒂芬·克莱恩的《红色的英勇标志》（一八九五年）和薇拉·凯瑟的《我的安东妮亚》（一九一八年），应该安排在司各特·菲兹杰拉德的《了不起的盖茨比》(一九二五年)之前。因为其间所体现的时代精神之嬗变,与读者的成长正相契合。《红色的英勇标志》简洁明朗,《我的安东妮亚》浑厚大气,一看就是健康年代之作;而这一年代的结束,系以《了不起的盖茨比》为标志,论家称为"美国梦"的破灭。恰恰好比一个人,由青年步入成年一样。

心香一瓣

　　读书应该循序渐进，分阶段选择合适的书进行阅读。因为，阅读的过程，也是成长的过程。

　　科学的读书方法，不仅能够提高阅读效率，还能改善阅读质量。

　　从小养成良好的阅读习惯，有利于对知识的积累和吸收。会读书，才会学习和思考。

「作者简介」

　　止庵（1959— ），周作人、张爱玲研究者。原名王进文，做过医生、记者等。出版有《樗下读庄》、《老子演义》、《神奇的现实》、《周作人传》等著作，并校订《周作人自编集》、《周作人译文集》、《张爱玲全集》等。

那一代人的读书功夫（节选）

苗振亚

> 遗憾的是，当我们惊叹那一代人的读书功夫时，我们无论如何也做不到。我们既感到没有时间，更感到没有必要，由此，导致我们缺乏那一代人的扎实功底，更不会有那一代人的杰出创作。

谈到读书，我最佩服20世纪前半叶那一代文化名人，他们读书多，读得精，动不动一部大厚书就能背下来，真是了不得的功夫。

那时候，读小说算不得正经功课，只能偷偷摸摸地读。能在这种状态下把《三国演义》背下来，正经功课的背诵更当不在话下。

我想起上世纪80年代，钱穆的孙女正在北京大学中文系读书，向祖父请教读书问题，钱穆的回信："《论语》外，须诵《孟子》、《大学》、《中庸》与《朱子章句集注》为主。《庄子》外，须诵《老子》。四书与老庄外，该读《史记》，须全读不宜选读,遇不易解处,约略读过,遇能解又爱读处,则仍须反复多读,仍盼能背诵……"要求孙女背诵,作为史学大师的爷爷自然更能背诵。能够背诵《史记》,让人不敢想象。

从张恨水的《山窗小品》里,知道他在14岁之前,就能够背诵以下典籍:《三字经》、《论语》、《孟子》、《左传》、《大学》、《中庸》、《诗经》、《礼记》、《易经》、《千家诗》、《古文观止》等。显然,这并不是他可以背诵的全部。从他很小的时候就写一些酷似《聊斋》的小说,可以证明他把《聊斋》读得烂熟了。从他上世纪30年代写的《水浒人物论赞》,又可以看出他对《水浒》的烂熟。原因是,在连载这部《水浒人物论赞》时,他每天既要出报,还要同时为几家报纸续写连载小说,他不可能有时间翻查原著,只能凭年幼时的阅读记忆去撰写。即使达不到背诵《水浒》全书的程度,也应该是差不多了。

作为文史学者的曹聚仁,奉行的读书原则也许不是背诵,而是"书读百遍,其义自见"。在《中国学术思想史随笔》里,他谈到自己对几部经典著作的阅读遍数:《儒林外史》读了100多遍,都是一本正经地读,不是作为消遣地随便翻翻。读《红楼梦》赶不上俞平伯,但也先后读了70多遍。《聊斋》读了四五十遍,《水浒传》读了20多遍。《三国演义》读的遍数最少,只有两三遍,原因是它没有《三国志》引人入胜。《史记》读了多少遍,他没说,只说这是他最爱读的书,是下过一点苦功的。

一个人肚子里有多少书,就跟一个人腰里有多少钱一样,那属个人隐私。因而,更多人的读书功夫我们就不得而知。例如,不是郑振铎亲自检验,我们怎么也不会知道茅盾能够背诵《红楼梦》;

不是周建人的回忆文章，我们也不会知道鲁迅小时候是背过《纲鉴》的。从根本上说，是读书功夫成就了那一代文化巨人。

遗憾的是，当我们惊叹那一代人的读书功夫时，我们无论如何也做不到。我们既感到没有时间，更感到没有必要，由此，导致我们缺乏那一代人的扎实功底，更不会有那一代人的杰出创作。

心香一瓣

时代的发展、技术的进步，为我们掌握知识和技能提供了前所未有的便利，人们获取信息的渠道也越来越快捷，如果不是为了考试等现实需要，很少有人刻意去品读或背诵一些知识。

国民阅读率的持续偏低，映照的正是现代人读书功夫之浅。而书中的学问之深，非下苦功夫不能得到。

在媒介高度发达的今天，我们仍需学习父辈们刻苦、专注的精神，因为收获从来都是以付出为代价的。

「作者简介」

苗振亚（1941— ），安徽霍邱人。毕业于合肥师范学院中文系，历任《安徽文学》编辑部小说散文编辑、小说散文组组长，《大时代》文学编辑部副主编。他的小说、散文、随笔、评论、报告文学等发表于国内各报刊，并出版过长篇纪实文学《气功世界》与长篇人物评传《东方怪医》。

我的工读生涯（节选）

萧乾

> 我能有今天，不能不感谢我在工读方面的幸运。它总是在我快断顿儿的当儿接续了我，工读也丰富了我对人生的体验，使我更广泛地接触了生活。

说起教育，我的起点很难再低了。不但谈不上什么家学，小时除了木台上供的几本蒙文家谱，就是一本翻得稀烂的皇历。从家境来说，小学毕业都很勉强。

我在小说里咒诅过我早年上的学校。人到老年，心态平衡了，又不能不感激我早年生活另外的一面：工读。由于这种办法，才使我这孤儿把中小学对付下来，尽管由于带头闹学潮，高中没毕业就被迫请了长假，可后来还是混进了大学。回想起来，不能不感谢早年的工读。

四十年代当我披着黑袍在只有世家子弟才进得去的剑桥大学徜徉时，我忽然记起我那孤苦的童年时代，恍如做了一场梦，东跑西混就进了这十五世纪的皇家学院。那时以及以后，我经常提醒自己的是：千万不要忘本。

　　我很幸运，在国内外都进过最高学府。然而我的底子差，教育受得也不完整。

　　我是从私塾读起的。那是一间又黑又潮湿的大屋子，是尼姑庵的一间堆房。我们十几个孩子（当然都是男的）成天扯了喉咙喊"子曰"。教学法是干背，到时背不上就打。老师仰坐在一把快散架的太师椅上，成天"吧哒"他那根兼做刑具的老长老长的烟袋锅儿。不讲解，不训导。从早到晚就那么"喊"书。只要喊声不断，师生就相安无事。声音一断，或者小了下来，他就找岔儿打板子。

　　老师还有个职务——或权柄：他掌管一块木牌，为了限制学生出恭，每次凭牌只放一名。于是，我们就不约而同地跑起接力：一个孩子刚回来，另一个准立刻接上去。

　　其实，揣上木牌我们并不奔向那作为厕所的空地，而是借机闲散一下，在尼姑庵里到处溜达。有时去前殿偷看尼姑焚香念经，有时在草丛里捉起蛐蛐。反正干什么都比关在那大黑屋子里开心。

　　我真正的小学教育是从长老会办的崇实小学开始的。由于我上过私塾，所以一进去就插进三年级。

　　这所小学设在大小三条街接的横胡同里，是一长排教室。关于这所小学，我的记忆模糊了，可我至今还记得学校斜对门有一排红砖洋式平房，前面还砌着一道花砖墙。冬天下学时，临街的那间长屋里灯光灿烂。大概是间书房，沿墙都是书架，时而还可看到一位戴眼镜的先生在翻阅架上的书。真巧，四十年代后期我遇到了那位主人——社会学家陶孟和先生。我告诉他二十年代初，他那间书房的灯光曾指引过我的生活道路：我一生就盼着自己也有间书房。这憧憬今天总算变为现实了。

尤其难忘的是崇实用工读办法让穷孩子也能上学。那里设有地毯房、小型印刷厂和羊奶房。我干过地毯：从绕线、织杂毛或粗牛毛毯直到织上羊毛地毯。我是在刚织上土耳其凸花活时被调去送羊奶的。

我写过那阵子挨过的打骂，然而在九十年代来回顾七十多年前的那段日子，我还是蛮感激的。我甚至觉得工读是种值得提倡的可贵的办法。

我对眼下的中学教育不大了解，只偶尔听人说学费贵得吓人。对于在商潮中发了的家长，这当然不成问题：要多少老子就拍出多少。可是贫寒子弟呢？难道交不起学费就失学吗？

我认为应当提倡工读。工读不仅仅解决了因经济原因而失学的问题，对于锻炼孩子的性格也大有好处。

说起工资来真可怜。那时起早贪黑，一个月只挣一元五角。最令我伤心的是我妈妈就在我第一次领到工资的那个黄昏辞世了。

羊圈里干的都是露天的活儿。这里没啥技术，但需要的是一颗爱动物的心。打扫羊圈，尤其喂羊，都是挺愉快的活儿，但我怵的是送奶。前后襟背上十几瓶奶，天没亮就蹬上车，穿过没有行人的大街小巷，我不在乎。我怕的是把新奶瓶放下、取走空奶瓶时，洋狗汪汪汪地死死纠缠。我手里没棍子，就只好把那辆破自行车横过来抵挡。

我顶喜欢放羊了。把羊群赶到安定门去牧放。那时城墙和护城河都还在。我们来到护城河边，羊在坡上吃草。后来每当我读起西方早期文学中的游牧生活时，我的心总驰往早年在安定门外牧放羊群的日子。

我就是这样，读完了我的初中。

我同文艺的关系，应该说始自1926年。初三毕业后放暑假，我从《世界日报》上看到一则广告：北新书局招考一名练习生。我穿上一件新浆洗的蓝大褂去应试，居然就被录取了。

北新书局是五四运动后成立的一家新文艺出版社，印过鲁迅、周作人、徐祖正、冰心和刘半农等作家早期的书，并发行过鲁迅主编的《语丝》周刊。虽然我仅仅呆了三个月，那却决定了我一生要走的道路：文艺。

书局的规模不能再小了。除了三位东家，就只有我这个练习生和两个伙计。

那三间南屋里，既搞编辑，又办发行。外屋架子上摆着本版和外版图书，我坐在里间靠角落的一张书桌上，校对图书和每期的《语丝》。我记得经我校对的有徐祖正的《兰生弟日记》、刘半农的《太平天国》和章衣萍的一部畅销书《情书一束》。

在北新那三个月，我同文学出版结了不解之缘。当时倘若我一直干下去，说不定这辈子就以出版为业了。可我同那两位伙计搞了一场罢工的闹剧。当时想取消他们和我在待遇上的差别。他们每晚用桌子拼起来当床，我则由书局在红楼对面的大兴公寓里开了每月四元租金的房间。我替他们感到不平，认为应该给他们也各开个房间。恰好那时我刚读了一本讲罢工的小册子，于是，一个早晨，我们三个就丢下工作开溜了。在街头浪荡了一天，满以为晚上回去就得到肯定的答复，谁知我们得到的回音是：三个一道滚蛋。

这时我进高一了，崇实的教务处刚好缺人搞油印，就把我叫了去，言明蜡纸由各科老师写，我光管印。活很轻，可成天闻那汽油和油墨的气味，很不好受。

经于道泉和李安宅的介绍，这时我已参加共青团，并且在崇实组织起"少年互助团"。另外，又参加了北平中学界的十人通信团，以致引起胖校长的戒心。他们索性让张作霖的侦缉队把我抓到报房胡同拘留所里，囚禁起来。那阵子连小孩抓进去也会拉到后院枪毙，我却侥幸被放了回来，交给学校软禁。北伐军到北平时，我才恢复自由。后来被迫请"长假"，流浪到了广东汕头。

回到北京，上了不需高中文凭的燕京国文专修班。那里有马先生主持的"学生辅导委员会"，它的一个职能就是替贫寒学生找零活儿干。校园里，中外教职员需要人去打零工，也到那里登记。不论轻重和脑力体力活儿，每小时一律两角五分钱。

我干过不少工种，曾经给一位外籍教授推过草坪，看过洋囡囡，但更多的是教洋人华语。我是道地的北京人，四声拿得准，这就大大吃香了。

我的工读生涯是从体力发展到脑力劳动。弄到一张文凭考入辅仁大学后，我又当了英文系主任雷德曼神甫的助手。他是因失恋才当的洋和尚。他成天喝酒，吟情诗，卷子常推给我去判。学校则不但免了我的学宿费，每月还给点零用。那时我已开始向熊佛西主编的《晨报》副刊投稿了。记得我介绍过爱尔兰的小剧院运动。

1933年从福州教完书再回到燕京，我就向沈从文和杨振声主编的《大公报·文艺》投稿，写起小说了。所以我的文学生涯是用写小说代替工读开始的。那时由于刊物篇幅有限，沈先生嘱咐我要少而精，不可多产。每月只许交他一两篇，他则保证我至少每月能有二三十元的收入。在当时，那就很阔气了。我没贪多，也不给旁处写。每次交稿前自己都要反复读上几遍。自己点了头才去投给他。

可是读到大学四年级，要写毕业论文了。我分不出精力来写小说。当沈先生听说我写的论文题目是《书评研究》时，就说那好办，你随写一章我就随给你在刊物上发表，问题不就解决了！同时，郑振铎先生又在为商务编《文学丛刊》。他就把我的那毕业论文连同小说集《篱下》和散文集《小树叶》一道收进去了。那是我最早的三本书。

1935年7月，我就结束了各种方式的工读，走上《大公报》岗位，一直呆到50年代初。那时，我参加了政府对外宣传工作。

如今，87岁已过了。回顾这一生，起点很糟，连小学都差点没念完。我能有今天，不能不感谢我在工读方面的幸运。它总是在我快断顿儿的当儿接续了我，工读也丰富了我对人生的体验，使我更广泛地接触了生活。

心香一瓣

人生是一条无法预知的曲线。曾经的经历，无论带给我们的是快乐还是痛苦，都会成为一笔宝贵的财富。

把昨天的记忆扫进垃圾箱里，不翻捡，不反思，人生就只能是无聊的涂鸦，你永远不会知道自己能够做什么、将来想要什么。

朝花夕拾，才能深刻体悟到：所有流过的血汗和眼泪，所有经历过的辛酸和艰劳，都不会白白浪费。只要用心、努力，每一个小小的波折，都会成为人生大海里美丽的浪花。

「作者简介」

萧乾（1910—1999），现代著名作家、翻译家、记者，著名的中外文化交流使者。毕业于燕京大学新闻系，晚年多次出访欧美及东南亚国家进行文化交流活动，写出了三百多万字的回忆录、散文、特写、随笔及译作。主要著译作有《篱下集》、《梦之谷》、《人生百味》、《一本褪色的相册》、《莎士比亚戏剧故事集》、《尤利西斯》等。

剑桥的书香（节选）

徐鲁

所谓剑桥的精神，剑桥的人文之美，剑桥的浓郁的书香，不就是这样一些修长灵巧的手创造和传播的吗？岂只是书香扑鼻的剑桥，整个人类文化的金殿，不也是依靠这样的一双双修长灵巧的手而建造和装修起来的吗？

剑桥正是一座大师济济、云蒸霞蔚的文化圣殿。

我真羡慕桂文亚在1990年夏天去剑桥实实在在地生活和学习了三个半月。她是在文化的圣殿里呼吸和徜徉！她把她的这段"42年来最具挑战性的一次生活经历"写进了两本书中：一本是《思想猫游英国》，一本就是《长着翅膀游英国》。从桂文亚的书中，我才理解了，为什么徐志摩当年提到三一学院时，竟用了"最潢贵最骄纵"六个字；也明白了另一位剑桥出身的作家叶君健先生，在他的书中写到的这样一个事实：在英国，当人们审查或议论一个剑桥大学毕业生的资历时,一般都不考虑他的大学文凭,而要查询他所住过的学院。原来,凡是剑桥的学子,能够在三十来所学院中的历史最悠久的一所如三一学院或英王学院住上一两年,这本身就成为了一种资格。

仅以徐志摩和桂文亚都写到的三一学院来看,它自亨利八世在1546年创立至今,已先后培养出了7位首相(其中一位是印度总理尼赫鲁)和两位英王(爱德华七世和乔治六世);而自1904年到1974年间,三一学院已拥有了包括物理学、化学和医学等领域的22位诺贝尔奖得主;至于大科学家牛顿,大诗人拜伦、丁尼生,大哲学家罗素(当年徐志摩就是专为这位哲学大师而投奔剑桥的)、怀海德、培根,大学者费瑞萨(其划时代的巨著是12册的《金枝》)等等,则更是"三一"的骄子。也许正是因为这些科学与文化的巨子及其辉煌的学说,才使得三一学院成为国际公认的执学术之牛耳的重镇。桂文亚的书中有一篇《与亨利八世共进午餐》,写到她和几位好友,满脸"神圣"的模样,坐在三一学院的教堂般的食堂里吃一次"伟大的三一餐"的时候,她这样说道:

"怎么不伟大呢?你想想看,这座精雕细琢、有着七彩花窗的大食堂,就架势上,已经具备了'教堂'的庄严气质;而当你一走进门来,赫然入目的,就是悬挂在食堂正中央一张巨幅的亨利八世油画人像,好不威风!而更令人肃然起敬的,是食堂的左右两壁上,依序悬挂着许多'三一'名人的油画像,从大科学家牛顿到大哲学家罗素、怀海德;从大诗人拜伦、丁尼生,到大传记家史特拉屈。你想想看,他们也都是当年进出'三一'食堂用餐的人,吃的食物和我们现在吃的恐怕也没有什么不同,为什么就能够对人类、对历史、对文化有这么大的影响和贡献呢？"

的确，面对这样一些伟大的巨人，我们怎能不怀着敬仰的心，而在他们所创造的辉煌面前低下自己的头颅呢？是谁说过，人类生存的一个基本条件，是应当有某种无限伟大的东西，使人类永远对其感到虔诚；而一旦失去了它，人们将无法生存下去……

自然，剑桥的书香不仅仅弥漫在三一学院。

欧美文化界有一个独树一帜的所谓"布隆斯伯里学派"，其中的人物包括哲学家、经济学家、政治评论家、艺术评论家、作家、画家、文艺编辑等等，他们都是一些"超高级知识分子"，对学术也提出极"高标准"的要求，因此而被誉为英国和西欧文化的"精华"。这个学派的许多人物及其学说，对19世纪末和20世纪初的西方学术界产生过重大影响。我读叶君健的回忆录之后，才知道这一学派的重要人物，大都剑桥出身，准确地说，都是剑桥大学英王学院的毕业生。其中包括经济学家凯恩斯，政论家奈翁纳德·伍尔夫，哲学家和评论家路威士·狄更生，画家邓肯·格兰特以及作家E·M·福斯特等。叶君健在战后由英国战事宣传机构转入剑桥学习，适逢"布隆斯伯里学派"的尾声时期，曾经参加了一些学派的活动，因此也被后来的研究者称为"布隆斯伯里学派中的一个中国人"。还有意识流文学大师吉妮亚·伍尔夫，也与英王学院有着密切的渊源关系。

叶君健先生在回忆录里一再写到了剑桥的"书香"：一大批在英国文学史乃至世界文学史上产生了重大影响的作家在这里诞生；几乎每天午餐以后，他便可以坐在一张19世纪的靠椅上，读起世界名著来；这里各种"学会"和组织都保持着自己纯洁的学术气氛和文化品格；落成于30年代的中央图书馆藏品丰富，享誉英伦……不用说，能做一个"剑桥人"，有多么幸福！难怪叶先生要喜不自禁地写道："在我短短的生命中，我没过过一天好日子，不是战乱，就是饥荒。有好多次我梦想找个安静的环境，坐下来读点我早就想读而没能有机会读的书，写点我早就想写而没时间写的作品。这个梦想现在倒是在不意中成为现实了。"

散文家董桥先生写过一篇文章，叫《凯恩斯的手》。在他看来，凯恩斯这位剑桥出身的大经济学家的手，跟同是剑桥人的罗素、史特拉屈等等的手一样，都是"修长灵巧"的，是真正的"剑桥的手"。我在想，所谓剑桥的精神，剑桥的人文之美，剑桥的浓郁的书香，不就是这样一些修长灵巧的手创造和传播的吗？岂只是书香扑鼻的剑桥，整个人类文化的金殿，不也是依靠这样的一双双修长灵巧的手而建造和装修起来的吗？

说到底，人类那诗意的本质不会泯灭，人类的灵魂也永远期求着升华。也只有这时候，剑桥的书香，才向我们显露出它的真正的意义：

那是一些最伟大的智者的声音；

那是人性中最圣洁的精神追求；

它们将维系着人类最美的文化和精神，向一切绝望的人发出友好和亲切的呼唤。

自然，剑桥离我们是遥远的。但有许多道路通往剑桥。通往剑桥的路上也弥漫着书香。

心香一瓣

一座世界著名学府的真正魅力，不在于其外表萦绕的光环，而在于其浓厚的文化氛围和沉淀下来的深厚文化底蕴。

剑桥大学成为人们心中的学术圣地，靠的也正是一批批懂得智慧、热爱读书、追求真理、善于思考并为人类文明发展做出杰出贡献的人物。

文明是创造出来的，是靠传播发展起来的。没有那溢满的书香，没有那一颗颗追求智慧和真理的心，就没有今天的剑桥大学和西方文明。

「作者简介」

徐鲁（1962— ），出生于山东胶东，1982年开始文学写作，1992年加入中国作家协会。已出版诗集《我们这个年纪的梦》、《散步的小树》等，散文、随笔集《恋曲与挽歌》、《剑桥的书香》、《书房斜阳》、《重返经典阅读之乡》、《黄叶村读书记》、《时光练习曲》、《从卡萨布兰卡开始》等二十余种，另有长篇小说《为了地久天长》，传记《俄罗斯的管弦乐：普希金传》以及《沉默的沙漏（徐鲁自选集）》等。

我之于书

夏丏尊

> 自我入书店以后，对于书的贪念也已消除了不少了，可是仍不免要故态复萌，想买这种，想买那种。这大概因为糖果要用嘴去吃，摆存毫无意义，而书则可以买了不看，任其只管插在架上的缘故吧。

二十年来，我生活费中至少十分之一二是消耗在书上的。我的房子里比较贵重的东西就是书。

我一向没有对于任何问题作高深研究的野心，因之所买的书范围较广，宗教，艺术，文学，社会，哲学，历史，生物，各方面差不多都有一点。最多的是各国文学名著的译本，与本国古来的诗文集，别的门类只是些概论等类的入门书而已。

我不喜欢向别人或图书馆借书。借来的书，在我好像过不来瘾似的，必要是自己买的才满足。这也可谓是一种占有的欲望。买到了几册新书，一册一册地加盖藏书印记，我最感到快悦的是这时候。

书籍到了我的手里，我的习惯是先看序文，次看目录。页数不多的往往立刻通读，篇幅大的，只把正文任择一二章节略加翻阅，就插在书架上。除小说外，我少有全体读完的大部的书，只凭了购入当时的记忆，知道某册书是何种性质，其中大概有些什么可取的材料而已。什么书在什么时候再去读再去翻，连我自己也无把握，完全要看一个时期一个时期的兴趣。关于这事，我常自比为古时的皇帝，而把插在架上的书譬诸列屋而居的宫女。

我虽爱买书，而对于书却不甚爱惜。读书的时候，常在书上把我所认为要紧的处所标出。线装书大概用笔加圈，洋装书竟用红铅笔划粗粗的线。经我看过的书，统体干净的很少。

据说，任何爱吃糖果的人，只要叫他到糖果铺中去做事，见了糖果就会生厌。自我入书店以后，对于书的贪念也已消除了不少了，可是仍不免要故态复萌，想买这种，想买那种。这大概因为糖果要用嘴去吃，摆存毫无意义，而书则可以买了不看，任其只管插在架上的缘故吧。

心香一瓣

"书卷多情似故人,晨昏忧乐每相亲。眼前直下三千字,胸次全无一点尘。"是于谦的低吟。

"饭可以一日不吃,觉可以一日不睡,书不可以一日不读",是毛泽东的感叹。

"读书是高尚的享受,我重视读书,它是我的一种宝贵的习惯。"是高尔基的独白。

这就是书籍之于爱书人的乐趣和意义吧。不管何时何地,只要有书籍的陪伴,内心就不会惶惶作乱,就不会感到孤单寂寞。

「作者简介」

夏丏尊(1886—1946),浙江上虞人。文学家,语文学家。他是中国新文学运动的先驱,主要学术著作有《文艺论ABC》、《生活与文学》、《现代世界文学大纲》等。

谈读杂书

汪曾祺

读杂书至少有以下几种好处：第一，这是很好的休息。第二，可以增长知识，认识世界。第三，可以学习语言。第四，从杂书里可以悟出一些写小说、写散文的道理，尤其是书论和画论。

我读书很杂，毫无系统，也没有目的。随手抓起一本书来就看。觉得没意思，就丢开。我看杂书所用的时间比看文学作品和评论的要多得多。常看的是有关节令风物民俗的，如《荆楚岁时记》、《东京梦华录》。其次是方志、游记，如《岭表录异》、《岭外代答》。讲草木虫鱼的书我也爱看，如法布尔的《昆虫记》，吴其浚的《植物名实图考》、《花镜》。讲正经学问的书，只要写得通达而不迂腐的也很好看，如《癸巳类稿》。《十驾斋养新录》差一点，其中一部分也挺好玩。我也爱读书论、画论。有些书无法归类,如《宋提刑洗冤录》,这是讲验尸的。有些书本身内容就很庞杂,如《梦溪笔谈》、《容斋随笔》之类的书,只好笼统地称之为笔记了。

读杂书至少有以下几种好处:第一,这是很好的休息。泡一杯茶懒懒地靠在沙发里,看杂书一册,这比打扑克要舒服得多。第二,可以增长知识,认识世界。我从法布尔的书里知道知了原来是个聋子,从吴其浚的书里知道古诗里的葵就是湖南、四川人现在还吃的冬苋菜,实在非常高兴。第三,可以学习语言。杂书的文字都写得比较随便,比较自然,不是正襟危坐,刻意为文,但自有情致,而且接近口语。一个现代作家从古人学语言,与其苦读《昭明文选》、"唐宋八家",不如多看杂书。这样较易融入自己的笔下。这是我的一点经验之谈。青年作家,不妨试试。第四,从杂书里可以悟出一些写小说、写散文的道理,尤其是书论和画论。包世臣《艺舟双楫》云:"吴兴书笔,专用平顺,一点一画,一字一行,排次顶接而成。古帖字体,大小颇有相径庭者,如老翁携幼孙行,长短参差,而情意真挚,痛痒相关。吴兴书如士人入隘巷,鱼贯徐行,而争先竞后之色,人人见面,安能使上下左右空白有字哉!"他讲的是写字,写小说、散文不也正当如此吗?小说、散文的各部分,应该"情意真挚,痛痒相关",这样才能做到"形散而神不散"。

心香一瓣

　　读杂书，广泛涉猎，才能博采众长、兼收并蓄。就像蜜蜂采蜜一样，只有采百花之粉，才能酿出香甜的蜜。

　　即使是一个纯粹的读书人，也要读点杂书，书读得杂，才能读得纯粹。

　　博与专结合，才能相得益彰。一个具有专业知识的人如果能吸收借鉴其他领域的知识，则会获得更好的研究途径和表达方式。

「作者简介」

　　汪曾祺（1920—1997），现当代著名小说家、散文家，京派小说的传人。被称为"中国最后一个士大夫"。代表作有《邂逅集》、《羊舍的夜晚》、《骑兵列传》、《受戒》、《大淖记事》等。

谈谈读外国书

李伯重

虽然我绝不认为外国月亮比中国的月亮圆,不过也承认在一些发达国家,由于学术管理体制比较成熟,"学术垃圾促产机制"不甚得势,因此其学术著作的质量相对而言也比较高。

当年鲁迅先生在其杂文《青年必读书》中对青年发出忠告:"我以为要少——或者竟不看——中国书,多看外国书。"原因是"中国书虽有劝人入世的话,也多是僵尸的乐观;外国书即使是颓唐和厌世的,但却是活人的颓唐和厌世"。其实,鲁迅先生所读之书以中国书为多,他的学问也主要是从读中国书得来的。因此这段话听起来虽然有些偏激,但其意在鼓励青年积极进取,并非全盘否定中国书。不过,如果把此话放到今天,或许不乏道理。

前些日子在一个会议上,我口无遮拦,讲了一句"中国大多数学报是学术垃圾生产地"。不料此语一出，竟然在媒体上引起轩然大波。大家之所以对此话如此感兴趣，是因为我国学术著作的质量问题已经成为社会关注的焦点。由于学术垃圾充斥，读书就成了一件冒险之事。鲁迅先生说："浪费别人的时间，无异于谋财害命。"从此意义上而言，读了质量低下之作，也就是被害命，不过这还可以说是自认倒霉。要是读了假冒伪劣之作，并以此为据写自己的著作，发表出去，则不仅害己，更要害人。因此之故，在读许多近来出版的中国学术书时，常常不免戒心重重，不知此书所言是否可靠？是否有据？是否抄袭剽窃之作？对于现代人来说，读书与吃饭一样重要。饭不论中西，总是要吃的；书不论中外，总是要读的。当然，由于有比较，有选择，如果中国书的质量不能令人放心，读外国书也就成为理所当然的替代。正如洋快餐有害健康，中餐在西方也得以风行一样。不过，这对于我们中国学者来说，却是很令人感到悲哀的事。

　　虽然我绝不认为外国月亮比中国的月亮圆，不过也承认在一些发达国家，由于学术管理体制比较成熟，"学术垃圾促产机制"不甚得势，因此其学术著作的质量相对而言也比较高。这是事实，谁也抹煞不了。不过即使如此，余英时先生也警告我们："在西方的多元史学传统中，任何新奇的观点都可以觅得容身之地。近年来西方学界涌现了各种新理论方法，包括许多有悖于主流的'异义怪论'，例如德里达（Derrida）、傅柯（Foucault）、哈伯马斯（Habermas）等人的理论系统，""这些'异义怪论'是否都具有普遍的有效性，尚远有待于事实的证明。"因此之故，即使是遇到外国著名学者的著作，也需要小心。那么，我们应当怎么读外国书呢？下面，据我个人的经验谈谈。

首先，学问是天下公器，因此没有国界。日本学者中鸣敏先生回忆在做学生时，曾向其师加藤繁先生（日本的中国经济史开山鼻祖）抱怨说："像搞（中国）社会经济史这门学问，外国人总不及通晓实际情况的本国人。"加藤繁先生即正言厉色地回答说："不是这样，那只是在常识方面而已。如果真正进入学问的深处，外国人和本国人，并没有两样。"此语极有气魄，事实也确实如此。既然中外学者在学问面前没有两样，其著作的水平当然也不能依作者的国籍而以不同标准对待之。因此读外国书，也同读中国书一样，应当以平常心待之，只可论其优劣，而不可别以中外。

其次，由于学术传统的不同，中外学者的研究在许多方面有明显的差别。对于这些差别，我们应当采取的态度是取其长而弃其短，而非相反。有些人读外国书，一味盲从，即如余英时先生所言"最近海内外中国人文学界似乎有一种过于趋新的风气。有些研究中国文史，尤其是所谓思想史的人，由于受到西方少数'非常异义可怪之论'的激动，大有走向清儒所谓'空腹高心之学'的趋势"。而另外一些人则没有读懂甚至根本没有读外国书，却一味排斥之。典型的例子是施坚雅关于市场系统与区域系统理论。这些理论本来并非尽善尽美，可是平心而论，至少对于研究清代中期以来中国比较发达地区的经济史来说，这些理论还是颇有借鉴价值的。但是有些国内学者并未对该理论作深入研究，甚至尚未一览其书，便遽以"六边形"、"切蛋糕"六字概括之，使人以为其论荒诞不经，不值一览。这种做法，其实不仅可笑，而且可悲。

经过三十年的改革开放，我国的史学已成为国际学术的一个重要组成部分。正如我在国际历史科学委员会北京会议上的讲话中所说的那样："中国具有世界上最久远和最系统的有记录的历史，同时也有人数最多的史学工作者队伍，因此中国史学家应当在国际学界有更大的声音。"只有多了解别人的想法，我们发出的声音才能让外人听懂。这需要我们更多地读外国书，更好地读外国书。否则，我们就只能永远陷于那种"躲进小楼成一统"的可悲景况。

心香一瓣

中西方的文化传统以及思维方式的不同，导致了两者对待学术研究的不同态度。

读外国书，是了解中西差异的重要途径。这也是文化上"走出去，引进来"的目的所在。

"拿来主义"在今天同样不过时。在我国综合国力不断提升的过程中，文化软实力的增强也迫在眉睫。

可以说，对待外来文化的态度，决定了开放的中国未来的走向。

[作者简介]

李伯重（1949— ），国内外公认的中国经济史方面的权威学者。现任清华大学历史系教授、博士生导师，并担任国际经济史学会执委会委员等。先后主持过国家社会科学基金项目、教育部"十五"规划项目等课题的研究。

书摘·原著·原典

王得后

> 要了解一部作品，最好是读原著；要了解一个作家，最好是读他的全集——自然，这原著要是货真价实的"原装货"，而不是动过手脚故意隐瞒自欺欺人的东西。

书摘是好的，好在让读者看到原著的一部分原貌。鲁迅著《中国小说史略》，写法的一大特点，就是在评述原著特色的时候，一定摘录原著的相关部分，也就是"书摘"，给出自己见解的证据，由读者对照、比较、鉴别。据说好的书评是让读者读了以后，想去阅读原著；我以为非常中肯。

然而，"管窥之见"，毕竟有限。从"一斑"推论"全豹"可能近似，也可能相去甚远，毕竟不如亲眼观察活生生的豹子。何况所摘是否确实是精华的部分，还要看摘录者的眼力；即使所摘是精华，也还要看原著除了所摘录者以外是否还有精华在。比如京剧舞台上的落难才子,衣裳褴褛,打着补丁,可那补丁的材料确又可观;盖要表现"诗意生存的美"也;倘若摘出这一块补丁来,以为那衣裳的全体质料上等,衣着名牌,恰风流倜傥,就失之千里了。于是乎还要更上层楼,去阅读原著。

要了解一部作品,最好是读原著;要了解一个作家,最好是读他的全集——自然,这原著要是货真价实的"原装货",而不是动过手脚故意隐瞒自欺欺人的东西。是的,读原著很难。一难在要有旺盛的求知欲;二难在要花更多的时间;三难在要有相应的学力,特别是外语的原著;四要破除人为的故障。这人为的故障,不是诚实的为了读者选编的"选本",而是欺骗读者故意删节的"洁本",或别有所图的"选本"。这种"洁本"在我们中国,不但有明火执仗广为告知的"洁本"《金瓶梅》,也有故意扣押欺瞒读者的《鲁迅译文集》,他就把鲁迅翻译的《亚历山大·勃洛克》驱逐,原因呢,是因为原作是托洛茨基。还有就是经过"编""审"抽掉、删节的书籍。这种书如果只有一个版本,读者是不得而知的;万一作者有幸出了两个版本,如朱正先生的《一九五七年的夏天》和《两家争鸣》,有了比较,麒麟皮包裹的马脚就一览无余了。

最后,我以为人生一世,如果读书,职业的或爱好的,最好能够读一两本原典。原典者,原著中的经典之作也。原典是在文化的基础上富有原创性的著作;是一个民族某一时代的经典。思想方面如先秦的诸子,特别是《老子》、《论语》、《庄子》,现代,这是我个人的偏爱如《鲁迅全集》,别的方面,自然还有各自堪称原典的著作,如史学中的《史记》。它的基础性,原创性,在养成人们的根本特质方面的广泛性和持久性，使它成为"基础读本"，不可不读。

我们的原典，是由汉字记载的。由于汉字在历史长河中的不断变迁，特别是现代废文言、兴白话已经一百年，五十岁以下的人阅读文言文已经十分困难，因此阅读古代原典必须依靠注释，依靠翻译。读注释，读翻译，还是必须读原典的原文；以原文为基础为主体，参照注释和翻译来自己比较，自己思索。古代原典的注释数以百计或千计，真所谓汗牛充栋。怎么办？还是只有比较。"比较是医治受骗的好方子"。最近李零教授出版了他的《我读〈论语〉》，由于书名用了一个《丧家狗》，这就捅了马蜂窝了，竟然闹得沸反盈天，骂声四起。其实，李零是太爱惜孔子了。他不忍孔子被人当作偶像，当作符号，名为"圣人"，其实是"敲门砖"。我是爱读鲁迅的，因此也认真读孔子和他的《论语》。《十三经注疏》中的《论语注疏》，《诸子集成》中的《论语正义》，杨伯峻的《论语译注》，最近出版的钱穆的《论语新解》和李泽厚的《论语今读》，特别是北京大学哲学系和工农兵学员的《论语批注》，我都拜读过。孔子的核心思想是"仁"；孔子对人的分类是"君子"与"小人"以及视同"小人"的"女子"；孔子的"道"是"忠恕"；孔子的"德"是"孝"；孔子的"政"是"君君臣臣父父子子"，我们不妨就用这几个"关键词"对比以上诸家的注释、翻译和解读，想想谁更接近原典吧？我说李零太爱惜孔子，希望"还原"一个真孔子，请比较读读李零对于《论语·先进》第二十六节的解读吧，要不是限于篇幅，我真想抄录出来，他是那样理性而又充满感情地体会孔子的思想、心情和抱负啊。就是对于

"丧家狗"三字的解读，重点也不在孔子自己承认的失落；而把孔子看作是怀抱"安定天下百姓"的理想，却无可奈何的知识分子。这是对孔子的不敬呢，还是真心实意的敬佩？

心香一瓣

书摘、原著、原典，越来越接近作者著书时的原始面貌。对一本书和一个作者的了解，也要经历这样一个循序渐进的阅读过程，才能形成较为完善的认识和评价。

值得一提的是，现在很多人都缺乏这种穷根追底的探究勇气和热忱，在对原著知之甚少的情况下就对作者和他的作品妄作评论。这既是对原作者缺乏尊重的体现，也是对读者不负责任的表现。

没有研究就没有发言权。治学要严谨，读书也要有打破沙锅问到底的精神。

「作者简介」

王得后（1934— ），作家，曾任北京鲁迅博物馆研究馆员。著有《鲁迅心解》、《〈呐喊〉导读》以及论文集《鲁迅与中国文化精神》，杂文集《人海语丝》等。

读书人的偏食

孙郁

> 文人之间的争论,有时是偏食者的自言自语。合自己的胃口者好,不合者反之。类似的现象,现在还能在一些人的争论中看到的。

有一年因为什么问题,曾和友人发生过大的争论,我们各自以为都掌握了真理,在一些细节上吵个不休。我那时以为对方是偏执的人,几乎没有可对接的逻辑入口。后来因为读到一本相关的书,渐渐觉得以往的思路是窄的,才发现我的观点有一点问题,知道是知识结构出了问题。我从自己的得失里发现,文人之间的争论,有时是偏食者的自言自语。合自己的胃口者好,不合者反之。类似的现象,现在还能在一些人的争论中看到的。

九十年代,因为要写一本关于胡适的书,阅读了一些资料,才注意到，近代以来，读书人的偏食，是普遍的现象。只是民国间的文化生态与今天有别罢了。胡适在今天是热起来了，用他批评鲁迅的文章时常可以看到。我最初读胡适时，很佩服他的理性而温和的态度，是百年中国少有的思想者。这类人物现在也很少能见到了。胡适也是个偏食的文人，自己的悖论也是很多。比如他过分强调实证，规范化，则把人文心性的自由也抹杀了。过于讴歌科学理性，把一切都确切化的时候，自己就易陷入陷阱里。其实如今现代性带来的弊端，倒是鲁迅早就看到了的。鲁迅当年讽刺胡适的思想，就是觉得他把一切说得太满，没有余地。而且一切为了"治"，从治国到治学，倒是没有了无治的逍遥。

也许天底下没有人不偏食的。因为偏，于是便有极端的意识，能引起人们的憬悟。马一浮一生偏于儒学，四书五经成了信念的东西。偏食的原因乃缘于自信，还有的出于怀疑。信和疑交错起来就不那么容易了。马一浮治儒学是不偏食的。史与诗、礼与乐都得兼顾，所以他的气象比一般浅薄的儒学专家要大些。讲儒学之外的书籍，马一浮就有点陌生了，在这个范围内，他也显得偏食了。对现代哲学处于隔膜的状态。我由马一浮联想到另外一个浙江人木心，也是在审美领域很有建树的人。他读书很多，旧的一面有魏晋气，新的一面则是西方象征主义的传统。他对后者的研究很是不凡，相关的文艺作品都进入了他的视野。不过他似乎拒绝现代主义的文本，对非理性的艺术是警惕的。于是其创作越发显得精致和古典，是美的独舞，没有龌龊的意象在。要是没有思想上的偏食，大概就不会有书写者生命的特点。所以在讲到这个话题时，就陷入优劣具在、红白相间的语境，偏食的好与坏都在这里的。只是尺度与分寸的不同，结果也不同就是了。

偏食也带来了偏见的问题。比如丁文江吧，因为是留学回来的科学家，信西洋的学说，厌烦传统的道学，都没有什么不好。在地质学上对我国的贡献很大，那是有目共睹的。可是他一直不信中医，在生命垂危时，有中医不用，去找西医，而那时又没有西医的条件，结果耽误了医治。过于信什么的时候，也会毁于信的误区。死于所爱之地，古今可找出的例子是多的。茅盾晚年一直想把《霜叶红似二月花》写完，但他排斥现实主义外的传统，自己和自己较量着，将民俗和鬼魂之类的市井和乡野之风关到了屋外，实在是可惜的。我对比茅盾早晚期的作品，开始是有气象的，后来过于拘泥于所信的方法，结果路越来越小。你看他读的书，大量是反映论的东西，关于神秘的和意志论的东西就比例不大。他的后来的焦虑也未尝不与此有关。

我读了许多前人的书，最佩服的是鲁迅先生。他对科学理性和民俗宗教有着深切的理解。当人们耽于玄学的时候，他却强调科学的理性。当唯科学论占上峰时，他又注重心灵的漫游。选择了什么的时候，就又警惕着什么。不被俗谛所扰。鲁迅看似一个偏激的人，其实更带有合理性的一面。倒是他骂过的人，是偏得厉害的了。我每读他的书，都有惭愧的感觉。也敬佩他在那样的年代，为我们的文化写下了迷人的一章。其偏激的声音，响着我们的土地上最中正的旋律。用木心和陈丹青的思路来说，不是鲁迅出了问题，而是我们这个社会有了毛病。外表走偏锋的鲁迅，其实在正路上呢。我们什么时候能像鲁迅那样警惕偏食的误区，看人看事就不会那么单调了吧。

心香一瓣

　　读书、做事也像吃饭一样，一旦深陷偏食的误区，就会使认知、判断受到影响，形成偏见。而偏见的存在，正是阻碍自己进步的绊脚石。

　　中正、不偏不倚，不是没有自己的信念与立场，而是能在纷繁错乱中明察秋毫，坚守正义和真理的底线。

　　不走极端，不因噎废食，保持理智与情感在人生天平上的平衡，才是读书人应该追求的智慧境界。

[作者简介]

　　孙郁（1957— ），本名孙毅，出生于大连。现为鲁迅博物馆馆长，《鲁迅研究月刊》主编，《中国现代文学研究丛刊》副主编。十余年来出版作品及研究著作十余种，主要有《鲁迅与周作人》、《鲁迅与胡适》、《文字后的历史》、《周作人和他的苦雨斋》、《胡适影集》等。

有书赶快读

邓拓

有书就要赶快读,不论是自己的书,或是借别人的书。即便有些书籍本头太大,内容很多,无法全读,起码也应该扼要地翻阅一遍,知道它的内容,以免将来要用,临时"抓瞎"。

我有许多书,没有好好读;有的刚读完还记得清楚,过些日子又忘了;偶然要用,还要临时翻阅,自己常常觉得可笑。

这种情形别人不了解,总以为我有什么读书的秘诀,不肯告人。其实我的确什么秘诀也没有。把真相坦白地告诉读者,还有一些人仍然不相信。几个学校的青年同学来信约我去讲读书的经验,我很惭愧不能答应他们的请求。昨天到书店门市部走走,遇见几位同学,不客气地拉住我,说要"聊一聊"。我们终于就目前读书的问题聊了一阵子。看来他们都在找书读,而以找不到自己需要的书籍为苦。我们的话题就从这里展开了。

有书的人不一定读书，没有书的人却到处找书读，这是多么不合理的现象！然而，这又是很自然的现象。因为没有书的人如果不向别人借书，不到图书馆借书，也不来书店门市部看书，那就简直毫无办法；而有书的人，总觉得书已经属于自己所有，随时都可以读，满不在乎，反倒不急于读书或者不想读书了。这种现象不是人人都能遇见的吗？

大家也许还记得，以前报纸介绍过宋代苏东坡写的《李氏山房藏书记》和清代袁枚写的《黄生借书说》这两篇文章吧。我们要学习古代读书人的勤奋精神，千万不要藏着一大堆书而不加以利用。

我想在这里向大家介绍另一个故事。明代有一部笔记，名为《泽山杂记》，不知作者是谁。这部笔记中叙述了明代洪武年间的一位御史大夫景清的事迹。景清与方孝孺齐名，为反对永乐政变而同时殉难的明代杰出人物。他在青年时代，勤奋读书，过目不忘，为同辈之冠。据载："景清倜傥尚大节，领乡荐，游国学。时同舍生有秘书，请求而不与。固请，约明旦即还书。生旦往索。曰：吾不知何书，亦未假书于汝。生怂，讼于祭酒。清即持所假书，往见，曰：此清灯窗所业书。即诵辄卷。祭酒问生，生不能诵一词。祭酒叱生退。清出，即以书还生，曰：吾以子珍秘太甚，特此相戏耳。"

像景清这样勤学强记的人，实在难得。但是正因为他自己没有秘本，而如饥如渴地想读同舍朋友的秘本，所以他特别努力，只用一夜的工夫，就能背诵全书。反之，他的同舍朋友虽然藏有秘本，却没有读它，所以经不起考问。显然，景清的目的是要警告他的朋友，要朋友注意利用书籍，不要死死地藏书不用，而不是想要强占他朋友的秘本。

从这个故事中，我们得到什么体会呢？我以为，最重要的体会是：有书就要赶快读，不论是自己的书，或是借别人的书。即便有些书籍本头太大，内容很多，无法全读，起码也应该扼要地翻阅一遍，知道它的内容，以免将来要用，临时"抓瞎"。

清代的一位著名学者包世臣，留下一些名言，对我们理解这个问题也很有启发。他曾经写过许多对联，一直流传至今。其中有一副对联，我忘了他写的上联，只记得下联是："补读平生未见书"。这一句给我的印象特别深。还有一副对联，我也只记得下联，他写道："闭户遍读家藏书"。这一句同样使我受到很大的鼓励。后面这一句似乎不是包世臣自己的，而是宋代陆放翁的诗句。

古人每到书多的时候，往往也有了相当的地位，正如袁枚说过："通籍后，俸去书来，落落大满，素蟫灰丝，时蒙卷轴。"这不能不引起认真的读书人的警惕，他们时常写下许多座右铭、对联之类以鞭策自己，生怕一天到晚忙忙碌碌，什么书也没有读。以古喻今，那么，我们现在就更要趁着年轻的时候，抓紧机会，赶快读书。

有的青年同学认为，景清能够读到秘本，真"带劲"，我们可惜没有什么秘本可读，这怎么办呢？其实，古人所谓秘本，内容并不稀奇，我们现在的图书馆拥有成千成万的历代秘笈珍本，如果你需要，就可以借来阅读。何况古人所谓秘本，有许多现在都已经大量翻印了，很容易买到手，又有什么稀奇呢？更重要的是，我们这个时代最伟大的革命经典著作，人人都可以读到，这个条件实在太好了，古人又怎么能够比得了我们呢？

　　最后，我奉劝青年朋友们，你们手上哪怕只有几本政治理论和科学研究的书籍，也要赶快先把它们读得烂熟。因为它们所包括的知识内容，是非常丰富的。这些是最重要的基础知识。只有让自己的基础打好了，将来读其他参考书才能够做到多多益善。如果现在丢开这些基本的书籍不认真苦读，一心想找秘本，只恐望梅止渴，无济于事。一句话，我认为你们现在手上已经有书，希望你们赶快读吧。

心香一瓣

好读书，多读书，读好书。读书，是形成知识积淀的需要，是立足社会的需要。

只有鼠目寸光的人，才会宣扬"读书无用论"；只有内心虚荣的人，才会将书束之高阁。

高尔基说："我扑在书上，就像饥饿的人扑在面包上一样。"有书赶快读，只有对书籍保持这种如饥似渴的阅读热情与渴望，才能深入其中，探得其中的奥妙与乐趣。

临时抱佛脚的阅读，只能是走马观花或囫囵吞枣，很难获益。

「作者简介」

邓拓（1912—1966），原名邓子健、邓云特。福建福州人。无产阶级革命战士，当代杰出的新闻工作者、政论家、历史学家、诗人和杂文家。曾任人民日报社社长兼总编辑。

我的读书生活（节选）

高超群

> 如果我们真的热爱读书，那么我们就应当像对待朋友那样选择书、对待书："友直、友谅、友多闻"，轻浮或者迷信都会损害友谊。或许这是我的读书生活给我最重要的启示。

如果我们真的热爱读书，那么我们就应当像对待朋友那样选择书、对待书。

为什么要读书？我是说除了各种各样的为了生存的理由之外，人为什么还要读别的书？恐怕谁也不能给出一个令所有人都信服的答案。就我而言，虽然书籍不是影响我生活的最重要因素，但却是很可靠的朋友，"有朋自远方来，不亦乐乎？"尽管有时他们也会欺骗你，如同现实中的朋友一样，但每次欺骗不是都会使你更成熟吗？更理解人性，也更热爱真正的友谊吗？在我的读书生涯当中，下面这些书曾经很重要。

拉法埃洛·乔万尼奥里：《斯巴达克斯》

这是我在高二暑假期间读到的。它的确不能算是一本好书，但对我而言，却几乎有着启蒙的意义。在这之前，我陶醉在《三国演义》、《红楼梦》的世界中，那个世界是整全的。在其中，我和世界并不对立，人和人之间只有处境、智慧和道德的差别，但他们是一个整体。我很快乐地知道我只是这个世界的一部分。但是，读完《斯巴达克斯》之后，我的美好的古典世界坍塌了，我明确地意识到自己只是一个与整个世界分离的、单独的、孤零零的个体。同时阅读的《牛虻》无疑加深了这种感觉。后来我重读此书的时候，我也常常会回到少年时光，感受到那时所受到的冲击，有时甚至会有惊醒，它会诱使我从沉闷琐细的生活中抬起头来。不过，如果让我推荐的话，我会选择普鲁塔克的《希腊罗马名人传》，卢梭说自己小时候读了这本书，为了模仿书中的英雄曾经把手放在火上去烤，可惜的是这本书现在只有上卷译成了中文。

弗洛姆：《对自由的恐惧》

这本书大约是我大学二年级的时候读到的。1989年的秋天，我带着无数疑惑回到了校园。从此很少上课，一头扎进图书馆寻找答案，直到弗洛姆的出现。这本书的原意在于解释德国纳粹出现的原因，弗洛姆认为人其实对自由充满恐惧，从本性上讲人总是希望自己归属于一个集体，这样才会觉得有安全感，为此，人们总是在逃避自由状态。虽然这本书并没有回答我面对的社会和政治问题，但它安顿了我的心灵。简单地说，它告诉我安娜出走之后，遭遇的是虚无、焦虑，而不是自由。于是，在我读完了能找到的弗洛姆的书之后，我开始找寻易卜生。但很奇怪易氏的书并没有留下太多印象，倒是没有刻意搜寻的加缪最终把这条探索之路推向了极致。记得读完他的《多余的人》的第二天早晨，我几乎不能起床，我觉得世界离我远去，与我隔绝了，我彻底孤独，却又毫无意义地活着。那不是冰冷入骨，而是满目疮痍。虽然他的《西西弗斯的神话》、《鼠疫》试图给人安慰，我也迫切地希望自己接受这种安慰，但《鼠疫》中那个面目模糊的医生并不足以担此重任。这种安慰就像一个善意但并不高明的谎言，人们仅仅因为出于对真相的恐惧而假装自己真的相信。我承认这不是一次成功的阅读经历，倒不是因为它没有给我带来愉悦，而是因为我被这些作者征服了。我并没有与作者站在同样的高度，去体会他们的处境，面对他们的问题，而是成了作者的奴隶。因此，那不是朋友之间的对话，更像是一次精神催眠。或许正是因为不愉快，这些书留下的印象却非常深刻。我想每个人都会经历类似的阶段：追问人生的意义，却又得不到答案。虽然上述这几本书肯定不能帮助我们摆脱这些问题的缠绕，它甚至会加重病症，但也会让危机更明确，甚至更极端。有时候只有这样才有可能走出危机。

修昔底德：《伯罗奔尼撒战争史》

这是一个朋友强迫的结果，我们像小学生一样逐字逐句读完了这本书。这本记叙雅典和斯巴达战争的史书其实更多地是在刻画希腊城邦特别是雅典内部的政治生活。对于现代人而言，这是一个令人惊奇的世界，或者我宁愿说，那是一个充满巨人的世界。在雅典人看来，人是政治动物，那么人如何面对政治，政治又如何塑造人就成为至关重要的问题了。修昔底德笔下的雅典人总是清醒、庄重的，他们的生活几乎都沉浸于城邦的政治。以我们这个私人生活占据了公民们的主要时间和精力的时代，这种生活是难以想象的。以我们时代的常识来想象，那肯定是一个充满了权谋而且狂热的时代，但事实并不是那样。或许在雅典人看来，逃避政治才是一件真正令人担忧的事情。后来读到韦伯的小册子《民族国家与经济政策》，才知道德国人已经吃过了类似的苦果。对我而言，读这本书最大的收获在于，我学会了一种阅读的方法，或者更准确地说，是一种态度：虔敬，但不屈服。在阅读之前，尽可能地放弃一切已有的成见，紧紧跟随作者的眼睛，并且，努力站在作者的高度去思考，进入他的世界，面对他的问题。或许只有极少数的人能站到修昔底德肩上，但我想每个人都可以像朋友一样和他交谈。我们会惊叹他的智慧，却绝不会迷失自己。

出于同样的原因，我想《喀提林阴谋朱古达战争》、《高卢战记》也是值得一读的。即便仅仅从审美的角度来说，欣赏一下巨人们的生活不也是一种难得的享受吗？

对于生活而言，读书并不是绝对必须的，就像友谊一样。没有友谊的人也可以安稳地过一辈子，不读书的人甚至可以成就大事业，"刘项原来不读书"嘛。但是韦小宝说得好，"为人不识陈近南，便是英雄也枉然"。如果我们真的热爱读书，那么我们就应当像对待朋友那样选择书、对待书："友直、友谅、友多闻"，轻浮或者迷信都会损害友谊。或许这是我的读书生活给我最重要的启示。

心香一瓣

好书，是我们人生路上的良师益友。一个真正热爱书籍的人，会对书有一种敬而远之的尊重感。

读书，充实我们的头脑，启迪我们的智慧，丰富我们的人生体验。它是一种长线的精神投资，不能给我们带来直接的物质财富的回报，却可以使我们成长为一个有文化、有修养、有气质的人。

以书为友，就是给自己的人生点亮一盏精神明灯。无论何时何地，生命中都会有一种无形而伟大的力量在支撑着我们前进。

「作者简介」

高超群（1971— ），甘肃平凉人。受教于北京大学历史系，供职于中国社会科学院经济所。

与书籍有关（节选）

西川

> 我寻书的本领，如关羽在万军之中取上将首级，不需细看，凡我所需之书，自行投入我的视线。

一

我从上初二戴眼镜起就学会了逛书店，特别是内部书店和旧书店。"文革"刚去，旧书店尚有可访者，皆"文革"未及消化而被清理向社会之物。因之，若处彼时，有眼力，又有银两，你家书架定得充盈。但老天爷顾念众生精神平衡，总让你有这没那，有那没这。而当时我一小孩，什么都没有。一些珍贵的书籍因此归了别人。

我见过一部《御制尚书》，扔在灯市口中国书店里间潮湿的灰砖地上。那部《御制尚书》一函四册，线装，黄绫子封皮，白绫子包角，大约是宫中物件，定价20元。区区20元难倒我这小书呆子。

摩挲再三，只得将书放下。次日复去书店，想再摸摸那书，书却不见了。

不过我在北京各旧书店里东翻西捡，也非一无所获。一些或许在版本专家看来价值有限而在我看来却可以激发想象力的破烂被我弄回家来。这其中有两湖书院于戊戌变法那年印行的张之洞《劝学篇》，书前一并印有光绪皇帝下令刊布此书的圣旨(朱字，四周饰以腾龙图案)；有首版《鲁迅全集》第一、二卷（5角一册），当年黑社会老大杜月笙为支持《鲁迅全集》出版，曾预订1500套以分赠手下兄弟；有打着"志摩遗书"蓝色椭圆形印戳的《牛津版十九世纪英语文论选》，徐志摩的圈圈点点跃然纸上；还有这本出版年代不详的《莎士比亚十四行诗集》。

此书为"旧世界丛书"中的一本，浅棕色羊皮纸封面，用范戈尔德纸(Van Gelder)印刷，毛边，此为该书第二版，版权页(该书出版时世上可能尚无"版权"一说)上标明："本版印数925册"。一友人在翻看此书时喃喃低语：这书一战毁一批，二战毁一批，再来个朝鲜战争，再来个越战，估计世上仅此一册了。

此书购于1985年5月12日。那天我去西单商场中的旧书市场(此市场今已不存)，在东倒西歪的木制旧书架上，我首先发现一册中文版希特勒《我的奋斗》。正待伸手取书，旁边一只秀手已将它夺走，我只剩咬牙的份儿。又盘桓半天，无所收获，我心怏怏，惟有离去。可就在我要出门时，瞥见门口木架靠下部一格的靠门口一侧，有一书书脊破损，顺手抽出，是这本《莎士比亚十四行诗集》，售价1.50元。现在想来，用1.50元买下的这本书简直和偷来的差不多。

二

在灯市口中国书店门市部发现The Kama Sutra时，我并不知此为何书。我之购回此书只因书的套封勒口上有文字说明此系印度公元3世纪一部性学经典。书店老店员刘师傅亦不知此为何书，问我此《达玛经》否，我亦不知何谓《达玛经》。回家后查出此即印度《爱欲经》，我如获至宝。而我这本《爱欲经》乃著名的伯顿译本，首版于1883年。其不足处在该译本为散文体，与梵文诗体原典有别。至1997年秋末，我才在印度本土购得印裔英籍诗人英德拉·辛哈(Lndra Sinha)的诗体译本，该书附有细密绘插图。

几乎在购得辛哈译本的同时，我在新德里结识了一位印度老人。老人名兰斯·丁(Lance Dane)，时年七十有一，居孟买，为印度最大私人收藏家。他与印度著名小说家、《苦力》(Coolie)的作者莫克·拉杰·阿南德(Mulk Raj Anand)也曾合译过《爱欲经》，并曾获德国慕尼黑的国际图书奖。惜该书出版有年，我在新德里未能找到。

丁先生是一奇人，虽称印度人却长着白人脸，生于巴基斯坦白沙瓦。其祖上为英国人，到他这辈其家已五世居印度，系一老殖民者。盖吉卜林小说故事素材多出其家。知我为中国人，丁先生告诉我一段他的非凡经历：我国抗日战争时期他代表英国军队和印度军队与中国军队打交道，负责向中国空运物资，往返于加尔各答与重庆之间。他既认识蒋介石、周恩来，也认识达赖喇嘛。我满怀敬仰地问他是否认识圣雄甘地，他答称见过几回。话题转到他与阿南德合译的《爱欲经》上，他忽然问我："你没在印度找个女朋友吗？"我说："No."他说没有印度女朋友你如何练习Kama Sutra？《爱欲经》中所记男女交合姿势多达64种，其中有些纯属杂技姿势，需经专门训练，否则会出人命。这些东西不练也罢。

丁先生邀我方便时往访他在孟买的家，一来可结识印度最伟大的小说家阿南德先生，二来可观赏一下他收藏的中国古代春宫画。"那会让你大开眼界！"他说。但我终未成行。

三

博尔赫斯诞辰百年之际，一场纪念朗诵会在北京某茶舍举行。主办者盈盈一小姐，来客约百人，却以绿林好汉为多，杂以牛鬼蛇神。彼若与博尔赫斯生同一时代，居同一国家，定与博尔赫斯的通达、博学、教养与整洁为敌。朗诵会充满喧哗与骚动、呐喊与嚎叫，最终与博尔赫斯左右无关。对此我困惑不解：糟蹋博尔赫斯何必在其诞辰百年之际？举办此朗诵会或许另有目的？

尽管不明其中蹊跷，我仍在朗诵会开始时将我所译博尔赫斯诗《原因》诵读一遍，以此表达我对博尔赫斯的尊敬。该诗译自美国印第安那大学教授、诗人威利斯·巴恩斯通(Willis Barnstone)所编《博尔赫斯谈话录》(Borges at Eighty: Conversations)。巴恩斯通系博尔赫斯友人，20世纪80年代中期以富布赖特教授身份执教于北京外国语学院。他将《博尔赫斯谈话录》赠我，使我通过此书得沐博尔赫斯的光芒。

博尔赫斯的著作我现有十余册(中外文都有，包括中文版《博尔赫斯全集》五卷)。然自我初闻博尔赫斯之名，有数年我找不到一本博尔赫斯的著作，只能从杂志上了解博尔赫斯一鳞半爪。因之，我对博尔赫斯的好奇心与日俱增：他岂止是位杰出的作家，他更是一位神秘的作家。

1990年12月1日，我在办公室接待了一位友人。黄昏时分友人告辞，我送他到街上。因我二人谈话投契，我便陪他从宣武门走到西单，他从那里乘公交车回家。我则返身向回走。那是一冬日黄昏，天阴沉，风虽不大，气温偏低，所有脑袋全缩入衣领，正是下班时刻，各种车辆淤塞街头，自行车铃大展疯癫。人与自行车巧借车辆任何空当，如水浸沙，如烟入室。路过西单十字路口南侧中国书店门市部，我闪身进入，不假思索，此习惯使然。店中稍静亦稍暖，我的目光快速掠过架上一排排旧书。我寻书的本领，如关羽在万军之中取上将首级，不需细看，凡我所需之书，自行投入我的视线。Borges！博尔赫斯！怎会有博尔赫斯的《迷宫》？抽书在手，我喜不自禁。但兜里只有3元钱，恐怕买不起。翻到书后，见了定价，我没乐晕过去：定价3元！

这一冬日黄昏因此而温暖。博尔赫斯如一老友候我于西单中国书店。他知我将陪一友人从宣武门走到西单，他知我将跨进此书店，他知我兜里只有3元钱。

心香一瓣

淘书,如同沙里捡金,那种千寻万觅中终于找到自己心仪之物的感觉,让人兴奋、快乐、回味良久。

淘书,又如同在茫茫人海中偶遇知音,那种怜怜相惜、相见恨晚的感觉,让人心潮澎湃、彻夜难眠。

淘书,与书相遇,是一种缘分,就像张爱玲说的那样,"于千千万万人之中,于时间的无涯的荒野中,没有早一步也没有晚一步,恰巧遇上了……"能说这不是生命对于热爱书籍之人的一种恩赐吗?

「作者简介」

西川(1963—),诗人、学者。1985年毕业于北京大学英文系,现执教于北京中央美术学院人文学院。美国艾奥瓦大学2002年访问学者。他从20世纪80年代起投身于全国性的青年诗歌运动。曾与友人创办民间诗歌刊物《倾向》(1988—1991),参与过民间诗歌刊物《现代汉诗》的编辑工作。出版有诗集《深浅》、《中国的玫瑰》等。

书与人生（节选）

周国平

> 自我是一个凝聚点，不应该把自我溶解在大师们的作品中，而应把大师们的作品吸收到自我中来，对于自我来说，一切都只是养料。

三

书籍少的时候，我们往往从一本书中读到许多东西。我们读到了书中有的东西，还读出了更多书中没有的东西。

如今书籍愈来愈多，我们从书中读到的东西却愈来愈少。我们对书中有的东西尚且挂一漏万，更无暇读出书中没有的东西了。

四

人们总是想知道怎样读书，其实他们更应当知道的是怎样不读书。

五

古来贤哲常论博学与智慧的不同，智慧是灵魂的事，博学是头脑的事，更糟的是舌头的事。而西塞罗讽刺这些博学家说："他们只学来和别人讨论，而不是和自己谈心。"蒙田讽刺在学校里只学得许多死知识的学生说："他应该带一颗丰盈的灵魂回来，却只带回一颗膨胀的，他并不把它充实，而只把它吹胀。"

灵魂是种子，它可以在知识之水的浇淋下长成参天大树，也可以在知识之水的浸泡下发成一颗绿豆芽。

六

自我是一个凝聚点，不应该把自我溶解在大师们的作品中，而应把大师们的作品吸收到自我中来，对于自我来说，一切都只是养料。

七

有两种人不可读太多的书，天才和白痴。天才读太多的书，就会占去创造的工夫，甚至窒息创造的活力，这是无可弥补的损失。白痴读书越多越糊涂，愈发不可救药。

天才和白痴都不需要太多的知识，尽管原因不同。倒是对于处在两极之间的普通人，知识较为有用，可以弥补天赋的不足，可以发展实际的才能。所谓"貂不足，狗尾续"，而貂已足和没有貂者是用不着续狗尾的。

八

读书犹如采金，有的人是沙里淘金，读破万卷，小康而已。有的人是点石成金，随手翻翻，便成巨富。

九

在读一位大思想家的作品时，无论谴责还是辩护都是极狭隘的立场，与所读对象太不相称。我们需要的是一种共鸣和抗争，一种

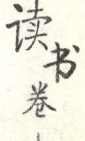

对话式的理解，其中既有共鸣，也有抗争。

认真说来，一个人受另一个人（例如一位作家，一位哲学家）的"影响"是什么意思呢？无非是一种自我发现，是自己本已存在但沉睡着的东西的被唤醒，对心灵所发生的重大影响绝不可能是一种灌输，而应是一种共鸣和抗争，无论一本著作多么伟大，如果不能引起我的共鸣和抗争，它对于我实际上是不存在的。

十

对我们影响最大的往往是年轻时读的某一本书，他的力量多半不源于自身，而源于他介入我们生活的那个时机，那是一个最容易受影响的年龄，后来重读，很可能会失望，并诧异当时何以使自己如此心醉神怡？但我们不必惭愧，事实上那是我们的精神初恋，而初恋对象不过是把我们引入精神世界的一个诱因罢了。当然，同时它也是一个征兆，我们早期着迷的书的性质大致显示了我们的精神类型，预示了我们后来精神生活的走向。

年长以后，书对我们很难有这般震撼效果了。无论多么出色的书，我们和他都保持着一个距离，或者是我们的理性已经足够成熟，或者是我们的情感已经足够迟钝，总之我们已经过了精神初恋的年龄。

心香一瓣

"少年读书，如隙中窥月；中年读书，如庭中赏月；老年读书，如台上玩月，皆以阅历之浅深，为所得之浅深耳。"读书就是阅世。

不同的人生阶段，阅历不同，读书的境界也不同。从年少时看得新奇，到中年时看得完整，再到老年时看得透彻，我们对于人生的认识，也随着读书境界的提升而加深。

每个人的一生，不也是一本内容杂陈的书吗？只是我们不知道打开下一页会看到什么。读书能够帮助我们认识世界、认识自己。读书不能改变人生，却能够改变我们对世界的态度。

「作者简介」

周国平（1945— ），哲学硕士、博士，西南政法大学教授。1981年进入中国社会科学院哲学研究所工作至今。主要著作有《苏联当代哲学》(合著)，学术专著《尼采：在世纪的转折点上》，随感集《人与永恒》、《尼采与形而上学》，诗集《忧伤的情欲》、《只有一个人生》，散文集《善良丰富高贵》，自传《岁月与性情》、《爱与孤独》等，译著有《偶像的黄昏》、《希腊悲剧时代的哲学》等。

人与书之间

周国平

> 书是人生的益友,但也仅止于此,人生的路还得自己走。在这路途上,人与书之间会有邂逅,离散,重逢,诀别,眷恋,反目,共鸣,误解,其关系之微妙,不亚于人与人之间,给人生添上了如许情趣。

弄了一阵子尼采研究,不免常常有人问我:"尼采对你的影响很大吧?"有一回我忍不住答道:"互相影响嘛,我对尼采的影响更大。"其实,任何有效的阅读不仅是吸收和接受,同时也是投入和创造。这就的确存在人与他所读的书之间相互影响的问题。我眼中的尼采形象掺入了我自己的体验,这些体验在我接触尼采著作以前就已产生了。

近些年来,我在哲学上的努力似乎有了一个明确的方向,就是要突破学院化、概念化状态,使哲学关心人生根本,把哲学和诗沟通起来。尼采研究无非为我的追求提供了一种方便的学术表达方式而已。当然，我不否认，阅读尼采著作使我的一些想法更清晰了，但同时起作用的还有我的气质、性格、经历等因素，其中包括我过去的读书经历。

有的书改变了世界历史，有的书改变了个人命运。回想起来，书在我的生活中并无此类戏剧性效果，它们的作用是日积月累的。我说不出对我影响最大的书是什么，也不太相信形形色色的"世界之最"。我只能说，有一些书，它们在不同方面引起了我的强烈共鸣，在我的心灵历程中留下了痕迹。

中学毕业时，我报考北大哲学系，当时在我就学的上海中学算爆了个冷门，因为该校素有重理轻文传统，全班独我一人报考文科，而我一直是班里数学课代表，理科底子并不差。同学和老师差不多用一种怜悯的眼光看我，惋惜我误入了歧途。我不以为然，心想我反正不能一辈子生活在与人生无关的某个专业小角落里。怀着囊括人类全部知识的可笑的贪欲，我选择哲学这门"凌驾于一切科学的科学"，这门不是专业的专业。

然而，哲学系并不如我想象的那般有意思，刻板枯燥的哲学课程很快就使我厌烦了。我成了最不用功的学生之一，"不务正业"，耽于课外书的阅读。上课时，课桌上摆着艾思奇编的教科书，课桌下却是托尔斯泰、陀思妥耶夫斯基、屠格涅夫、易卜生等等，读得入迷。老师课堂提问点到我，我站起来问他有什么事，引得同学们哄堂大笑。说来惭愧，读了几年哲学系，哲学书没读几本，读得多的却是小说和诗。我还醉心于写诗，写日记，积累感受。现在看来，当年我在文学方面的这些阅读和习作并非徒劳，它们使我的精神趋向发生了一个大转变，不再以知识为最高目标，而是更加珍视生活本身，珍视人生的体悟。这一点认识，对于我后来的哲学追求是重要的。

我上北大正值青春期，一个人在青春期读些什么书可不是件小事，书籍、友谊、自然环境三者构成了心灵发育的特殊氛围，其影响毕生不可磨灭。幸运的是，我在这三方面遭遇俱佳，卓越的外国文学名著、才华横溢的挚友和优美的燕园风光陪伴着我，启迪了我的求真爱美之心，使我愈发厌弃空洞丑陋的哲学教条。如果说我学了这么多年哲学而仍未被哲学败坏，则应当感谢文学。

我在哲学上的趣味大约是受文学熏陶而形成的。文学与人生有不解之缘，看重人的命运、个性和主观心境，我就在哲学中寻找类似的东西。最早使我领悟哲学之真谛的书是古希腊哲学家的一本著作残篇集，赫拉克利特的"我寻找过自己"，普罗塔哥拉的"人是万物的尺度"，苏格拉底的"未经省察的人生不值得一过"，犹如抽象概念迷雾中耸立的三座灯塔，照亮了久被遮蔽的哲学古老航道。我还偏爱具有怀疑论倾向的哲学家，例如笛卡儿、休谟，因为他们教我对一切貌似客观的绝对真理体系怀着戒心。可惜的是，哲学家们在批判早于自己的哲学体系时往往充满怀疑精神，一旦构筑自己的体系却又容易陷入独断论。相比之下，文学艺术作品就更能保持多义性、不确定性、开放性，并不孜孜于给宇宙和人生之谜一个终极答案。

长期的文化禁锢使得我这个哲学系学生竟也无缘读到尼采或其他现代西方人的著作。上学时，只偶尔翻看过萧赣译的《查拉图斯特拉如是说》，因为是用文言翻译，译文艰涩，未留下深刻印象。

直到大学毕业以后很久，才有机会系统阅读尼采的作品。我的确感觉到一种发现的喜悦，因为我对人生的思考、对诗的爱好以及对学院哲学的怀疑都在其中找到了呼应。一时兴发，我搞起了尼采作品的翻译和研究，而今已三年有余。现在，我正准备同尼采告别。

　　读书犹如交友，再情投意合的朋友，在一块耽得太久也会腻味的。书是人生的益友，但也仅止于此，人生的路还得自己走。在这路途上，人与书之间会有邂逅，离散，重逢，诀别，眷恋，反目，共鸣，误解，其关系之微妙，不亚于人与人之间，给人生添上了如许情趣。也许有的人对一本书或一位作家一见倾心，爱之弥笃，乃至白头偕老。我在读书上却没有如此坚贞专一的爱情。倘若临终时刻到来，我相信使我含恨难舍的不仅有亲朋好友，还一定有若干册知己好书。但尽管如此，我仍不愿同我所喜爱的任何一本书或一位作家厮守太久，受染太深，丧失了我自己对书对人的影响力。

心香一瓣

"书卷多情似故人，晨昏忧乐每相亲。"与书为友，灵魂永远都不会感到孤单。

人生不能只交一个朋友，同样也不能只读一种书。读书，要讲究博学而返约。广采博集，是扩大视野、增长见识的需要，而提取吸收，是消化、沉淀所学的需要。

交友要先学会择友，读书也要先学会选书。好友相随，好书为伴，人生该是多么幸福！

「作者简介」

周国平（1945— ），哲学硕士、博士，西南政法大学教授。1981年进入中国社会科学院哲学研究所工作至今。主要著作有《苏联当代哲学》(合著)，学术专著《尼采：在世纪的转折点上》，随感集《人与永恒》、《尼采与形而上学》，诗集《忧伤的情欲》、《只有一个人生》，散文集《善良丰富高贵》，自传《岁月与性情》、《爱与孤独》等，译著有《偶像的黄昏》、《希腊悲剧时代的哲学》等。

吸引过我的书（节选）

蓝英年

> 我偏爱婉约派的词，特别喜欢晏几道和柳永等人的词。尽管劳动繁重，但生活充实，觉得没白白浪费时间。我对诗词的兴趣是从那时候培养起来的。

我读书很少，要说哪本书对我影响大，还真说不上来。只能说说一度吸引过我的书。上高中的时候，我读过俄国作家魏列萨耶夫写的《果戈理是怎么写作的》，孟十还翻译，文化生活出版社出版。作者介绍果戈理如何搜集材料，如何修改手稿，如何倾听别人的意见等等，我读得津津有味。

果戈理不喜欢听崇拜者的赞扬，而渴望不喜欢他作品的人的严厉批评。他把《死魂灵》第二卷中的几章读给当过莫斯科省长的大官吏听。朋友告诉果戈理，这位大官吏对文学一窍不通，看不上果戈理，认为他毫无才华。果戈理听了微微一笑，说道："……

我把自己的作品读给他听，就是因为他不喜欢它们，对它们抱有成见。读给您或者另一位不论我写什么都一味赞扬的人听有什么好处呢？"

　　果戈理从不深入生活，创作材料多半或是朋友们提供的，或是在与人谈话中"窃听"的。普希金深知果戈理"窃听"的本领，所以在他面前说话格外小心，但仍不止一次被果戈理"窃听"过。《狄康卡近乡夜话》的素材则来自他母亲。果戈理在给母亲的信中写道："……下一封信中请您替我描写一下乡村教堂差役的全套服装，从上衣到靴子，并注明它们在最顽固的、最古老的、最守旧的小俄罗斯人那里的叫法，也请列出咱们乡村姑娘穿的连衣裙各部分的名称，一根绸带也别漏掉。还有现时结过婚的女人和农夫服装的名称。……再详尽地描写一下婚礼，别漏掉最小的细节。再对圣诞节祝歌、伊万·库帕拉节和水仙女写上几句。如果还有别的精灵和家神，也尽量写得详细点，同时写上它们的名字和故事……"果戈理的这些话让我感到新奇，所以印象特别深。

　　也是在上高中的时候，读了果戈理的第二本小说集《密尔格拉得》。我完全被小说吸引住了，果戈理的幽默讽刺给我带来无比的快乐。记得在协和医院看病等叫号的时候，我正读《两个伊凡的吵架》，竟没听见叫我。两个地主，胖伊凡和瘦伊凡，他们原是邻居好友，一天，为一件鸡毛蒜皮的小事争吵起来，胖伊凡骂瘦伊凡是"公鹅"，两人为此反目成仇，对簿公堂，倾家荡产，打了10年官司。果戈理通过对两位伊凡的描绘，展现出19世纪的俄国社会，并在结尾处喊出："诸位，这世上真是沉闷啊！"比初中的时候读老舍的《赵子曰》和《老张的哲学》开心多了。今天，我已过了古稀之年，已没有重读《赵子曰》和《老张的哲学》的愿望，可果戈理的小说仍然读得下去。上世纪80年代人民文学出版社出版了满涛先生等人翻译的《果戈理选集》。满涛先生的译文令我折服。我为向他学习，翻译过果戈理的小说《肖像》，译好后对照满涛先生的译文校改，获益良多。1990年5月我应邀到乌克兰参加舍甫琴柯的纪念活动，顺便访问了位于狄康卡市附近的密尔格拉得镇。时间在这里似乎凝固了，今日密尔格拉得与果戈理笔下的密尔格拉得没有多大区别。一进小镇，一群鹅便大摇大摆地向我们迎面走来。我们在一家乌克兰朋友家吃饭，主人招待客人的用语也同果戈理小说中的一样，令我惊异不已。不朽的果戈理。今天读他的小说的人少了，我觉得很多人都应当读读他的作品。起码想把集会主持得生动一点的主持人应当读一读，学习如何分辨插科打诨与真正的幽默，免得出洋相。

1957年秋天，我光荣下放到农村劳动锻炼。先修水库，后大炼钢铁，都是强体力劳动。每天一早出工，天黑下工。农民没有时间概念，日出而作，日落而息，生活单调得要命。我随身带了一本龙榆生编选的《唐宋名家词选》。这本书充实了我的生活。此前我只读过一点点诗词，能背的更少。现在每天空闲的时间读，一年半期间，从李白的第一阕菩萨蛮一直读到吴文英和蒋捷的词。还背诵自己喜爱的词。晚上在煤油灯下背一阕，第二天干活时默背。一边担土一边背诵。身在荒瘠的北方，心飞向明媚的江南。劳动锻炼与以后的四清运动不同，读书领队不管，农民当然更不管。不仅不管，还可以与一同下放的教师讨论。这对我极有帮助。下放在同一个村里的有中文系和历史系的教师，我不懂的地方就问他们。我与其中几位成为朋友，至今往来不断。我偏爱婉约派的词，特别喜欢晏几道和柳永等人的词。尽管劳动繁重，但生活充实，觉得没白白浪费时间。我对诗词的兴趣是从那时候培养起来的。有的词虽背下来了，但没有全懂，对词的意境体会得不深。比如温庭筠的《菩萨蛮》的头两句"小山重叠金明灭，鬓云欲度香腮雪"怎么也看不懂。大约在1961年，上海《文汇报》上发表过夏承焘先生的《唐宋词欣赏》，一段段的，有一篇专门解释过这阕词。我读后顿开茅塞。当时背过的词现在已经忘得差不多了，但对诗词仍有兴趣。烦闷的时候拿出来读一读，顿觉心情舒畅。"文革"期间挨批斗，我们一百多人站在台上，书记、校长等校领导在前面一字排开，我"罪行"小，站在他们后面。下面口号喊得震天响，我却在心里默诵张元干的《贺新郎》："梦绕神州路。怅秋风、连营画角，故宫离黍。底事昆仑倾砥柱，九地黄流乱注？聚万落千村狐兔。天意从来高难问，况人情老易悲难诉。"红卫兵若知道，不会饶过我。我的这本《唐宋名家词选》是1956年古典文学出版社出版的，已经读得破旧不堪，但至今仍然插在我的书架上。

心香一瓣

回首成长岁月，留下深刻印象的往往不是课堂上所读的书，而是那些由于偶然的机会吸引过自己的书。

与这些书相遇，留在生命里的是一段难忘的记忆。因为，它们在我们最为困难、最为渴望的时刻，为我们的灵魂打开了一个出口。

所以，书籍，是一种特殊的朋友。成长不可无书，与好书相伴，生命里一直都会有温暖的阳光照耀。

「作者简介」

蓝英年（1933— ），江苏吴江人，曾在北京俄语学院、山东大学外语系、河北大学外语系执教，现为北京师范大学离休教授。中国译协会员、中国作家协会会员，长期从事苏俄文学、历史的翻译研究和写作。译著有《回忆果戈理》、《亚玛街》、《日瓦戈医生》、《塞纳河畔》等，随笔集有《寻墓者说》、《青山遮不住》、《冷月葬诗魂》、《被现实撞碎的生命之舟》、《苦味酒》等。

影响我的几本书

袁伟时

> 把近代中国主要思想家的著作读了一遍,既窥视了他们的思想,又领略了他们的方法。其中让我受益终身的是胡适谆谆教导他的学生的三条意见。

对我的人生道路影响最早和最大的一组书,都是关于中国近代史的:范文澜的《中国近代史》,胡绳的《帝国主义与中国政治》,陈伯达的《人民公敌蒋介石》和《窃国大盗袁世凯》。那是1947年至1949年间,我在广州南海中学念高中时读的。范著是一个学派解读中国近代史的代表作;其他三部宣传反帝反封建理念,不是通常说的学术著作。读后深信不疑,帮助我走上革命道路。

人民共和国成立以后,进大学本科到念研究生,一心一意想参加经济建设。可是,1957年从研究班毕业后在中山大学执教,运动接着运动,虚掷了20年最好的青春岁月。"文革"后我承担的教学任务是中国近现代哲学史。在教学和研究中,深感这一领域左祸猖獗，虚假的东西太多，拨乱反正，任务艰巨。在许多问题上，我往往需要鼓足勇气直说："皇帝没有穿衣服。"在这个过程中，鲁迅和胡适成了我治学的导师和告别蒙昧的指路人。

1948、1949年，广州汉民路(今北京路)的开明书店推销《鲁迅全集》，我向爸爸要了一笔钱，打算买一套。钱到手后，一位朋友考上大学没钱交学费，我主动把钱给了他。幸好同班同学家境都较好(学校位于广州有名的"西关大少"聚居地旁边)，大家凑了一笔钱，在班上建立图书角，由我负责买书和管理。于是，鲁迅著作的单行本全都进了我们班的书柜；我则一本一本，读完了除一些过于冷僻的学术著作以外的他的大部分书。

进入大学以后就很少看鲁迅了。但《且介亭杂文》序言有句话："倘要知人论世，是非看编年的文集不可的。"一直铭记在心，不敢逾越。到了要着手研究历史了，它自然涌上心头，成了我千方百计搜集史料的动力，分析人物的方法，约束学术良知的规范。没有读过研究对象各个时期的主要著作，厘清思想发展的轨迹或事件的来龙去脉，我不敢乱说话，因为这关乎天理良心。

我的一个小小的发现是：为什么长期以来，中国近代史领域，随意褒贬历史人物的现象那么严重？除了意识形态的影响外，从方法上看，是把不同年代的材料混在一起。于是，要褒要贬，材料可以信手拈来，看似有根有据，实则脱离具体年代的史料，成了可以任意涂抹的油彩，歪曲了人物的本来面目。

把近代中国主要思想家的著作读了一遍，既窥视了他们的思想，又领略了他们的方法。其中让我受益终身的是胡适谆谆教导他的学生的三条意见：

头一条是怀疑。胡适说:"我要教人疑而后信,考而后信,有充分证据而后信。"(《胡适文集》第五册第518页,北大出版社,1998)这是治学的不二法门。学问始于怀疑,这是古今中外有成就的学者的共识,也是真正的学者与御用文人的分水岭。马克思坦言:"怀疑一切。"明末清初的著名学者黄宗羲也断言:"小疑则小悟,大疑则大悟,不疑则不悟。"1956年,大学中弥漫"向科学进军"的乐观情绪。有一天,复旦经济系的老师们齐集讲堂,漆琪生、伍丹戈、余开祥、江泽宏、苏绍智、蒋学模等老师全来了,向我们传授治学方法。有位导师转述于光远先生的生动比喻:"为什么疑问号是一个钩子?只有怀疑才能钩到学问!"对盲信成风的中国而言,这些是觉世的警钟。要是我在学术园地中有点滴成就的话,首要原因是坚信怀疑是学问的起点。

二是凭证据说话。胡适有一句名言:"有几分证据,说几分话,有七分证据,不能说八分话。"

三是敢于承认自己无知,孜孜不倦弥补缺陷。胡适总是劝导自己的学生一定要买几本好字典,就是弥补无知的好方法之一。汉字很多,任何人都不可能全识;我自己更是识字不多。因此,不懂就查字典或其他工具书,已经成为我的生活习惯;也是一再提醒我的学生应该遵守的治学规则。近年我喜欢给年轻朋友建议:电脑装上《金山词霸》;买《汉语大辞典》(普及版)和《现代汉语词典》。

这几年,有所谓胡适还是鲁迅之争。其实,两人有很多共同点:憎恨专制,提倡个性解放和人格独立,对传统文化持批判、分析、不盲信的态度,如此等等。鲁迅心目中的新社会是朦胧的;胡适却为宪政和人权保障以及中国文化发展的正确道路呐喊了一辈子。鲁迅只活了55岁，胡适年过七旬，加上所受学术训练差异太大，两人的学术成就有较大差距，自在情理之中。在文学创作上，胡适大部分诗词很粗糙，迅翁的小说却是传世珍品。我多次读《胡适文存》和他的《人权论集》，深受教益。不是说要继承传统吗？鲁迅和胡适的思想、文化、学术遗产就是20世纪中国值得珍视的传统。

当需要进一步思考一些重大理论问题的时候，我与卡尔·波普尔和哈耶克邂逅。阅读波普尔的《开放社会及其敌人》(杜汝楫、戴雅民译，山西高校联合出版社)和哈耶克的《通往奴役之路》，对我说来是一次震撼性的精神之旅。出于职业习惯，我一再思考两个问题：

1944、1945年，正值苏联红军声威大振，计划经济似乎成了挽救世界各国经济的不二法门，为什么这两位先驱却能力排众议，写出这样的里程碑式的巨著，而中国各派思想家却几乎无一例外在歌颂计划经济？

波普尔从一个独特角度清理希腊以降的文化，振聋发聩。中国人喜欢谈文化，却至今不见有人以批判态度从源头上系统地清理自己的传统，并冷静地比较世界各大文化体系的利弊得失。这样的研究有助于战胜中国人头脑中的盲信，有助于中国公民社会的成熟。这类研究取得重大成果之日，也许就是中国人文、社会科学成熟的标志。引颈以待，我们还要等待多久呢？

心香一瓣

读书,就是为了从中汲取精神营养,学会思考。"学而不思则罔,思而不学则殆。"不思考,读死书,是没有前途的。

能够影响自己人生的书籍,一定是与自己的灵魂与思想发生"共鸣"的书籍,其观点的深刻新颖、独立中肯,会牵动你的心。

在卷帙浩繁的书海中寻觅这样几本书,犹如在茫茫人海中寻觅知己,只有用心去发现、用心去体会,才能找到自己所追寻的东西。

「作者简介」

袁伟时(1931—),广东兴宁人。中山大学哲学系教授。已结集出版的著作有《中国现代哲学史稿》、《晚清大变局中的思潮与人物》、《路标与灵魂的拷问》等。主编《现代与传统丛书》、《荒原学术文丛》、《牛虻文丛》等。

书

朱湘

> 天下事真是不如意的多。不讲别的，只说书这件东西，它是再与世无争也没有的了，也都要受这种厄运的摧残。

拿起一本书来，先不必研究它的内容，只是它的外形，就已经很够我们的赏鉴了。

那眼睛看来最舒服的黄色毛边纸，总是纸色已经在我们的心目中引起一种幻觉，令我们以为这书是一个逃免了时间之摧残的遗民。他所以能幸免而来与我们相见的这段历史的本身，就已经是一本书，值得我们的思索、感叹，更不需提起它的内含的真或美了。

还有那一个个正方的形状，美丽的单字，每个字的构成，都是一首诗；每个字的沿革，都是一部历史。飙是三条狗的风：在秋高草枯的旷野上，天上是一片青，地上是一片赭，中间的猎犬风一般快的驰过，嗅着受伤之兽在草中滴下的血腥，顺了方向追去，听到

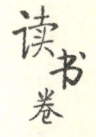

枯草飒索的响，有如秋风卷过去一般。昏是婚的古字：在太阳下了山，对面不见人的时候，有一群人骑着马，擎着红光闪闪的火把，悄悄向一个人家走近。等着到了竹篱柴门之旁的时候，在狗吠声中，趁着门还未闭，一声喊齐拥而入，让新郎从打麦场上挟起惊呼的新娘打马而回。同来的人则抵挡着新娘的父兄，作个不打不成交的亲家。

印书的字体有许多种：宋体挺秀有如柳字，麻沙体夭矫有如欧字，书法体娟秀有如褚字，楷体端方有如颜字。楷体是最常见的了。这里面又分出许多不同的种类来：一种是通行的正方体；还有一种是窄长的楷体，棱角最显；一种是扁短的楷体，浑厚颇有古风。还有写的书：或全体楷体，或半楷体，它们不单看来有一种密切的感觉，并且有时有古代的写本，很足以考证今本的印误，以及文字的假借。

如果在你面前的是一本旧书，则开章第一篇你便将看见许多朱色的印章，有的是雅号，有的是姓名。在这些姓名别号之中，你说不定可以发见古代的收藏家或是名倾一世的文人，那时候你便可以让幻想驰骋于这朱红的方场之中，构成许多缥缈的空中楼阁来。还有那些朱圈，有的圈得豪放，有的圈得森严，你可以就它们的姿态，以及它们的位置，悬想出读这本书的人是一个少年，还是老人；是一个放荡不羁的才子，还是老成持重的儒者。你也能借此揣摩出这主人公的命运：他的书何以流散到了人间？是子孙不肖，将他舍弃了？是遭兵逃反，被一班庸奴偷窃出了他的藏书楼？还是运气不好，家道中衰，自己将它售卖了，来填偿债务，或是支持家庭？书的旧主人是这样。我呢？我这书的今主人呢？他当时对着雕花的端砚，拿起新发的朱笔，在清淡的炉香气息中，圈点这本他心爱的书，那时候，他是决想不到这本书的未来命运。他自己的未来命运，是个怎样结局的；正如这现在读着这本书的我，不能知道我未来的命运将要如何一般。

更进一层，让我们来想象那作书人的命运：他的悲哀，他的失望，无一不自然的流露在这本书的字里行间。让我们读的时候，时而跟着他啼，时而为他扼腕叹息。要是，不幸上再加上不幸，遇到秦始皇或是董卓，将他一生心血呕成的文章，一把火烧为乌有；或是像《金瓶梅》、《红楼梦》、《水浒》一般命运，被浅见者标作禁书，那更是多么可惜的事情呵！

天下事真是不如意的多。不讲别的，只说书这件东西，它是再与世无争也没有的了，也都要受这种厄运的摧残。至于那琉璃一般脆弱的美人，白鹤一般兀傲的文士，他们的遭际更是不言可喻了。试想含意未伸的文人，他们在不得意时，有的采樵，有的放牛，不仅无异于庸人，并且备受家人或主子的轻蔑与凌辱，然而他们天生的性格倔强，世俗越对他白眼，他却越有精神。他们有的把柴挑在背后，拿书在手里读；有的骑在牛背上，将书挂在牛角上读；有的在蚊声如雷的夏夜，囊了萤照着书读；有的在寒风冻指的冬夜，拿了书映着雪读。然而时光是不等人的，等到他们学问已成的时候，眼光是早已花了，头发是早已白了，只是在他们的头额上新添加了一些深而长的皱纹。

咳！不如趁着眼睛还清朗，鬓发尚未成霜，多读一读《人生》这本书罢！

心香一瓣

书分千种,每种尽有其不同之处,或有趣、或无味,或精彩、或平淡,人生又何尝不是一部书呢?

"人生不如意之事十之八九",李白饱读诗书,却无缘报效国家;阮籍博览群书,却是穷途而哭。这样看来,人生才是一部最难读的书。

「作者简介」

朱湘(1904—1933),字子沅,安徽太湖人。现代诗人。曾在闻一多、徐志摩创办的《晨报副刊·诗镌》工作,他的诗重视格律、语句精炼,富有人生哲理。代表作品有《草莽集》、《石门集》、《夏天》等诗集。

读书与用书

陶行知

社会就是我们的大学。关在门外的穷孩子,我们踏着王冕的脚迹来攀上知识的高塔吧。

一、三种人的生活

中国有三种人:书呆子是读死书,死读书,读书死。工人、农人、苦力、伙计是做死工,死做工,做工死。少爷、小姐、太太、老爷是享死福,死享福,享福死。

二、三帖药

书呆子要动动手,把那呆头呆脑的样子改过来,你们要吃一帖"手化脑"才会好。我劝你们少读一点书,否则在脑里要长"瘩块"咧。工人、农人、苦力、伙计要多读一点书,吃一帖"脑化手",否则是一辈子要"劳而不获"。少爷、小姐、太太、老爷!你们是快乐死了。好,愿意死就快快的死掉吧。我代你们挖坟墓。

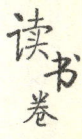

倘使不愿意死,就得把手套解掉,把高跟鞋脱掉,把那享现成福的念头打断,把手儿、头脑儿拿出来服侍大众并为大众打算。药在你们自己的身上,我开不出别的药方来。

三、读书人与吃饭人

与读书联成一气的有"读书人"一个名词,假使书是应该读的,便应使人人有书读;决不能单使一部分的人有书读叫做读书人,又一部分的人无书读叫做不读书人。比如饭是必须吃的,便应使人人有饭吃,决不能使一部分的人有饭吃叫做吃饭人,又一部分的人无饭吃叫做不吃饭人。从另一面看,只知道吃饭,不成为饭桶了吗?只知道读书,别的事一点也不会做,不成为一个活书架了吗?

四、吃书与用书

有些人叫做蛀书虫。他们把书儿当作糖吃,甚至于当作大烟吃,吃糖是没有人反对,但是整天的吃糖,不要变成一个糖菩萨吗?何况是连日带夜的抽大烟,怪不得中国的文人,几乎个个黄皮骨瘦,好像鸦片烟鬼一样。我们不能否认,中国是吃书的人多,用书的人少。现在要换一换方针才行。

书只是一种工具,和锯子、锄头一样,都是给人用的。我们与其说"读书",不如说"用书"。书里有真知识和假知识。读它一辈子不能分辨它的真假;可是用它一下,书的本来面目就显了出来,真的便用得出去,假的便用不出去。

农人要用书,工人要用书,商人要用书,兵士要用书,医生要用书,画家要用书,教师要用书,唱歌的要用书,做戏的要用书,三百六十行,行行要用书。行行都成了用书的人,真知识才愈益普及，愈易发现了。书是三百六十行之公物，不是读书人所能据为私有的。等到三百六十行都是用书人，读书的专利便完全打破，读书人除非改行，便不能混饭吃了。好，我们把我们所要用的书找出来用吧。

　　用书如用刀，不快就要磨。

　　呆磨不切菜，怎能见婆婆。

五、书不可尽信

　　孟子说："尽信书则不如无书。"在书里没有上过大当的人，决不能说出这一句话来。连字典有时也不可以太相信。第五十一期的《论语》的《半月要闻》内有这样一条：

　　据二卷十二期的《图书评论》载：《王云五大辞典》将汤玉麟之承德归入察哈尔，张家口"收回"入河北，瀛台移入"故宫太液池"，雨花台移入南京"城内"，大明湖移出"历城县西北"。

　　我叫小孩子们查一查《王云五大辞典》，究竟是不是这样，小孩子们的报告是，《王云五大辞典》真的弄错了。只有一条不能断定，南京有内城、外城，雨花台是在内城之外，但是否在外城之内，因家中无志书，回答不出。总之，书不可尽信，连字典也不可尽信。

六、戴东原的故事

　　书既不可以全信，那么，应当怀疑的地方就得问。学非问不明。戴东原先生在这一点上是给了我们一个很好的引导。东原先生十岁才能开口讲话。《大学》有经一章，传十章。有一条注解说这一章经是孔子的话，由曾子写的；那十章传是曾子之意，由他的门徒记下来的。东原先生问塾师怎样知道是如此。塾师说：朱文公

（夫子）是这样注的。他问朱文公是何时人。塾师说是宋朝人。他又问孔子和曾子是何时人。塾师说是周朝人。"周朝离宋朝有多少年代？""差不多是二千年了。""那么，朱文公怎样能知道呢？"塾师答不出，赞叹了一声说："这真是个非常的小孩子呀！"

七、王冕的故事

王冕十岁时，母亲叫他到面前说："儿啊！不是我有心耽误你，只因你父亲死后，我一个寡妇人家，年岁不好，柴火又贵，这几件旧衣服和些旧家伙都当卖了。只靠着我做些针线生活寻来的钱，如何供得你读书？如今没奈何，把你雇到隔壁人家放牛，每月可得几钱银子，你又有现成饭吃，只在明天就要去了。"王冕说："娘说的是。我在学堂里坐着，心里也闷，不如往他家放牛，倒快活些。假如我要读书，依旧可以带几本去读。"王冕自此只在秦家放牛……每日点心钱也不用掉，聚到一两个月，偷空走到村学堂里，见那闯学堂的书客，就买几本旧书，逐日把牛拴了，坐在柳荫树下看。

现在的学校教育是对穷孩子封锁，有钱、有闲、有面子才有书念。我们穷人就不要求学吗？不，社会就是我们的大学。关在门外的穷孩子，我们踏着王冕的脚迹来攀上知识的高塔吧。

心香一瓣

读书是为了用书,而用书首先要读书。把握好二者间的关系,才能用知识武装头脑。

要读好书,就要善于发问,勤于实践,不断总结。社会是真正的大学,学会自觉地用知识管理自我、引导自己的人生,才是读书价值的最大体现。

学无止境。学会用书籍来点亮人生、用知识来改变命运吧。

「作者简介」

陶行知(1891—1946),人民教育家、思想家,民主主义战士,中国人民救国会和中国民主同盟的主要领导人之一。先后创办晓庄学校、生活教育社、山海工学团、育才学校和社会大学。提出了"生活即教育"、"社会即学校"、"教学做合一"三大主张。著有《中国教育改造》、《古庙敲钟录》等。

书塾与学堂

郁达夫

> 经过了三十余年的岁月,把当时的苦痛,一层层地摩擦干净,现在回想起来,这书塾里的生活,实在是快活得很。

从前我们学英文的时候,中国自己还没有教科书,用的是一册英国人编了预备给印度人读的同纳氏文法是一路的读本。这读本里,有一篇说中国人读书的故事。插画中画着一位年老背曲拿烟管带眼镜拖辫子的老先生坐在那里听学生背书,立在这先生前面背书的,也是一位拖着长辫的小后生。不晓为什么原因,这一课的故事,对我印象特别的深,到现在我还约略谙诵得出来。里面曾说到中国人读书的奇习,说:"他们无论读书背书时,总要把身体东摇西扫,摇动得像一个自鸣钟的摆。"这一种读书背书时摇摆身体的作用与快乐,大约是没有在从前的中国书塾里读过书的人所永不能了解的。

我的初上书塾去念书的年龄，却说不清楚了，大约总在七八岁的样子；只记得有一年冬天的深夜，在烧年纸的时候，我已经有点朦胧想睡了，尽在擦眼睛，打呵欠，忽而门外来了一位提着灯笼的老先生，说是来替我开笔的。我跟着他上了香，对孔子的神位行了三跪九叩之礼；立起来就在香案前面的一张桌上写了一张"上大人"的红字，念了四句"人之初，性本善"的《三字经》。第二年的春天，我就夹着绿布书包，拖着红丝小辫，摇摆着身体，成了那册英文读本里的小学生的样子了。

　　经过了三十余年的岁月，把当时的苦痛，一层层地摩擦干净，现在回想起来，这书塾里的生活，实在是快活得很。因为要早晨坐起一直坐到晚的缘故，可以助消化，健身体的运动，自然只有身体的死劲摇摆与放大喉咙的高叫了。大小便，是学生们监禁中暂时的解放，故而厕所就变作了乐园。我们同学中间的一位最淘气的，是学官陈老师的儿子，名叫陈方；书塾就系附设在学宫里面的。陈方每天早晨，总要大小便十二三次。后来弄得先生没法，就设下了一枝令签，凡须出塾上厕所的人，一定要持签而出；于是两人同去，在厕所里捣鬼的弊端革去了，但这令签的争夺，又成了一般学生们的惟一的娱乐。

　　陈方比我大四岁，是书塾里的头脑；像春香闹学似的把戏，总是由他发起，由许多虾兵蟹将来演出的，因而先生的挞伐，也以落在他一个人的头上者居多。不过同学中间的有几位狡猾的人，委过于他，使他冤枉被打的事情也着实不少；他明知道辩不清的，每次替人受过之后，总只张大了两眼，滴落几滴大泪点，摸摸头上的痛处就了事。我后来进了当时由书院改建的新式的学堂，而陈方也因他父亲的去职而他迁,一直到现在,还不曾和他有第二次见面的机会;这机会大约是永也不会再来了,因为国共分家的当日,在香港仿佛曾听见人说起过他,说他的那一种惨死的样子,简直和杜格纳夫所描写的卢亭,完全是一样。

由书塾而到学堂这一个转变,在当时的我的心里,比从天上飞到地上,还要来得大而且奇。其中的最奇之处,是我一个人,在全校的学生当中,身体年龄,都属最小的一点。

当时的学堂,是一般人的崇拜和惊异的目标。将书院的旧考棚撤去了几排,一间像鸟笼似的中国式洋房造成功的时候,甚至离城有五六十里路远的乡下人,都成群结队,带了饭包雨伞,走进城来挤看新鲜。在校舍改造成功的半年之中,"洋学堂"的三个字,成了茶店酒馆,乡村城市里的谈话的中心;而穿着奇形怪状的黑斜纹布制服的学堂生,似乎都是万能的张天师,人家也在侧目面视,自家也在暗鸣得意。

一县里惟一的这县立高等小学堂的堂长,更是了不得的一位大人物,进进出出,用的是蓝呢小轿;知县请客,总少不了他。每月第四个礼拜六下午作文课的时候,县官若来监课,学生们特别有两个肉馒头好吃;有些住在离城十余里的乡下的学生,于文课作完后回家的包裹里,往往将这两个肉馒头包得好好,带回乡下去送给邻里尊长,并非想学颖考叔的纯孝,却因为这肉馒头是学堂里的东西,而又出于知县官之所赐,吃了是可以驱邪启智的。

实际上我的那一班学堂里的同学,确有几位是进过学的秀才,年龄都在三十左右;他们穿起制服来,因为背形微驼,样子有点不大雅观,但穿了袍子马褂,摇摇摆摆走回乡下去的态度,如另有着一种堂皇严肃的威仪。

初进县立高等小学堂院那一年年底，因为我的平均成绩，超出了八十分以上，突然受了堂长和知县的提拔，令我和四位其他的同学跳过了一班，升入了高两年的级里；这一件极平常的事情，在县城里居然也耸动了视听，而在我们的家庭里，却引起了一场很不小的风波。

是第二年春天开学的时候了，我们的那位寡母，辛辛苦苦，调集了几块大洋的学费书籍费缴进学堂去后，我向她又提出了一个无理的要求，硬要她去为我买一双皮鞋来穿。在当时的我的无邪的眼里，觉得在制服下穿上一双皮鞋，挺胸伸脚，得得得得地在石板路上走去，就是世界上最光荣的事情；跳过了一班，升进了一级的我，非要如此打扮，才能够压服许多比我大一半年龄的同学的心。为凑集学费之类，已经罗掘得精光的我那位母亲，自然是再也没有两块大洋的余钱替我去买皮鞋了，不得已就只好老了面皮，带着了我，上大街上的洋广货店里去赊去；当时的皮鞋，是由上海运来，在洋广货店里寄售的。

一家，两家，三家，我跟了母亲，从下街走起，一直走到了上街尽处的那一家隆兴字号。店里的人，看我们进去，先都非常客气，摸摸我的头，一双一双的皮鞋拿出来替我试脚；但一听到了要赊欠的时候，却同样地都白了眼，作一脸苦笑，说要去问账房先生的。而各个账房先生，又都一样地板起了脸，放大了喉咙，说是赊欠不来。到了最后那一家隆兴里，惨遭拒绝赊欠的一瞬间，母亲非但涨红了脸，我看见她的眼睛，也有点红起来了。不得已只好默默地旋转了身，走出了店；我也并无言语，跟在她的后面走回家来。

到了家里，她先掀着鼻涕，上楼去了半天；后来终于带了一大包衣服，走下楼来了，我晓得她是将从后门走出，上当铺去以衣服抵押现钱的；这时候，我心酸极了，哭着喊着，赶上了后门边把她拖住，就绝命的叫说：

"娘，娘！您别去罢！我不要了，我不要皮鞋穿了！那些店家！那些可恶的店家！"

我拖住了她跪向了地下，她也呜呜地放声哭了起来。两人的对泣，惊动了四邻，大家都以为是我得罪了母亲，走拢来相劝。我愈听愈觉得悲哀，母亲也愈哭愈是利害，结果还是我重赔了不是，由间壁的大伯伯带走，走上了他们的家里。

自从这一次的风波以后，我非但皮鞋不着，就是衣服用具，都不想用新的了。拼命的读书，拼命的和同学中的贫苦者相往来，对有钱的人，经商的人仇视等，也是从这时候而起的。当时虽还只有十一二岁的我，经了这一番波折，居然有起老成人的样子来了，直到现在，觉得这一种怪癖的性格，还是改不转来。

到了我十三岁的那一年冬天，是光绪三十四年，皇帝死了；小小的这富阳县里，也来了哀诏，发生了许多议论。熊成基的安徽起义，无知幼弱的溥仪的入嗣，帝室的荒淫，种族的歧异等等，都从几位看报的教员的口里，传入了我们的耳朵。而对于我印象最深的，是一位国文教员拿给我们看的报纸上的一张青年军官的半身肖像。他说，这一位革命义士，在哈尔滨被捕，在吉林被满清的大员及汉族的卖国奴等生生地杀掉了；我们要复仇，我们要努力用功。所谓种族，所谓革命，所谓国家等等的概念，到这时候，才隐约地在我脑里生了一点儿根。

心香一瓣

"少年不识愁滋味",回首我们的读书生活,是不是也有爱慕虚荣的时候?那时的我们,不懂生活的艰辛,不知父母的苦处,不解人世的辛酸。

然而,我们总是会慢慢长大。读书让我们慢慢了解世界,生活教会我们逐渐成熟……

经历,本身就是一笔宝贵的财富。纵使一路上充满了辛酸苦辣,也有成长的滋味滋润着心灵,人生的四季因而有着无数变换的风景供我们欣赏。

「作者简介」

郁达夫(1896—1945),原名郁文,字达夫,浙江富阳人。现代著名小说家、散文家、诗人。代表作有短篇小说集《沉沦》、小说《迟桂花》等。

走出书斋的阅读

凸凹

> 我们应该时常到市井上走走,不仅是因为,生活的给予与教化大于书本,也因为对书本的暂时疏离,会找回久已不尝的对阅读的"饥饿感"——因为饥饿,才有渴望,才有被满足之后的酣畅醉意。

依据自己的阅读体验,我感到,生活本身比书籍的世界要丰富多了,如果读书幽闭了我的内心,真的不如没有书。个体生命的局限性,是人们选择阅读的原动力。人的心灵,是开在路口的客栈,谁愿进来谁进来。这种对事物的多样性追求,才使生命绚烂激越起来。所以,读书应该使心灵达到更开阔、更开朗的境界,营造一种无限的容量,即保持一种能随时接受新事物的敏感。

而这种敏感却在读书人那里悄然丢失了。何以至此盖因在长期的读书生活中，过于眷恋一种思想，导致思维方式的固化。把书籍伦理当成了现实的生活伦理。厮熟的书斋环境，培植了阅读者的生活惯性和生命惰性。

读书的功利性追求，使读书人根本地忽视了阅读过程中应享有的乐趣。于是，在这暗淡的读书生活面前，根本的选择，就是抛掉书本，到远离书斋的旷野，去倾听风声。纪德在《地粮》一书中说："抛掉我的书吧，不要在这书中寻求满足；也不要以为别人能帮你找到——这种念头正是你的奇耻大辱：假如我为你找到食品，你会反而不饿了；假如我为你铺好床铺，你会反而不困了……抛掉我这本书吧，须知对待生活有千姿百态，这只是其中的一种。去寻找你独特的生活方式吧，别人能做得跟你同样好的事情，你就不必去做；别人能写得跟你同样好的文章，你就不必去写。凡是你感到自身独具、别处皆无的东西，才值得你眷恋。啊，要急切而又耐心地塑造你自己，把自己塑造成无法替代的人。"

这里的含义是深刻的，因为，选择就意味着放弃。对一种思想的眷恋，就意味着对其他的一切的放弃。而这其他一切却是大量的，往往比所眷恋的更有价值、更可取。因此，智性的读书人，应该像智慧的爱者不贪恋对美色的占有一样，对思想也不要拘泥于一时的占有。同时，对已有思想的迷执，正是独立思考能力丧失的前提，也正是独创价值消亡的深层根源。如果这还不能让读书人醒悟，那么，反对思想多元、主张文化霸权的人，往往是读书人这一事实，也应让偏执的阅读者警醒了。

不用讳言，读书人是对书籍伦理有过分嗜好的人。所谓书籍伦理，就是书本中的道德原则和价值观念。所以，读书人与市井人的分野，就在于读书人对事物的判断，有形而上的既定判断；而在市井人那里，除了生存的智慧，不再有别的智慧。因此，在突发的生活事件面前，普通人往往有比读书人更灵活的"变通"能力，他们生活得更灵动、更有生气，也更有力量。

有人问纪德："伦理能增加你的乐趣吗？"

"不能，"纪德回答说："只会证明我的乐趣是正当的。"

那么，书籍伦理的直接作用，就是使人长期处在对自己行为后果的考虑之中，犹豫踯躅，弄得筋疲力尽，最后确信，只有干脆一动不动，才不会犯错误。

在生存原则是首要的原则、甚至是惟一的原则的现实面前，在不容分说的生活洪流面前，书籍伦理显得多么苍白，书生的面孔显得多么柔弱。他们是孱头，而不是强者，他们是最先倒下的人。书本把他们害了！再说读书人拥以自负的书斋。书斋就像专门培养庸人的太过于幸福的家庭——封闭的窝，关闭的门，怕人分享幸福的占有，自以为是的自我感觉。发黄的册页遮挡了读书人的目光，使他忘记了门外的原野也正为他敞开着更为博大的胸怀；被书香麻痹了的心灵，使他无力做一番字纸外的畅想和憧憬。正像生活在幸福家庭的人，幽禁于妻子、孩子之中一样，读书人生命最美好的部分被幽禁于书本。也正像家庭把伟岸的丈夫奴役为庸夫，书本也把智者奴役成腐儒。腐儒是什么？是与自然、社会和生气格格不入的边缘人，是离开书本就不能发出生命之音的人。

纪德说："我憎恶家园、家庭，我憎恶人寻求安歇的所有地方，也憎恶持久的感情、爱的忠贞以及对各种观念的迷恋——一切损害我主持正义的东西。"

所以，读书人有理由憎恶书斋幽闭了生命的处所，疏离了社稷民生的所在，非但倾听不到生命因受到生活的创击而发出的人性的呐喊，更不会听到正义的讼辞。

走出书斋吧。

美的东西一旦超过了我们的渴求，就弱化了在我们心中的价值；过于餍饱的阅读，会淡化读书的生命乐趣。我们应该时常到市井上走走，不仅是因为，生活的给予与教化大于书本，也因为对书本的暂时疏离，会找回久已不尝的对阅读的"饥饿感"——因为饥饿，才有渴望，才有被满足之后的酣畅醉意。

> 倘若你稍稍离开，
> 我的爱会像
> 你我之间的空气一样膨胀。
> 倘若你远远地离开，
> 我会同山、同水、
> 同隔开我们的城市一起
> 把你爱恋。
> 倘若你远远地、远远地离开，
> 一直走到地平线的尽头，
> 那么，你的侧影会印上太阳、
> 月亮和蓝蓝的半爿天穹。
>
> ——所雷斯库（罗马尼亚）《远景》

书籍，正是读书人之所爱；对书的迷恋也正如少年的爱情。疏

离,正是爱的深切。到了这般天地,书才真正融入读书人的生命之中;读书生活已远离了功利,成为一种天伦之乐。

心香一瓣

距离产生美。这种美，在于想象，在于思念，在于渴望……

暂时的疏离，是为了给想象一片驰骋的天地，给思考一方活跃的空间。

"读万卷书，行万里路。"爱好读书的人，绝不是整日把书捧在手里念念有词的人。读书与实践是一种互补的关系，读书的最终目的是为了应用于实践。

多出去走走，打开幽闭的思想之门，让心灵的境界因为读书而变得开阔起来吧。

「作者简介」

凸凹（1963— ），本名史长义，北京房山人。散文家、小说家、评论家，中国作家协会会员、中国报告文学学会会员。代表作有《慢慢呻吟》、《玉碎》、《正经人家》、《永无宁日》、《风声在耳》、《无言的爱情》、《书卷的灵光》、《两个人的风景》等，另外著有中篇小说、短篇小说若干篇。

还是好读书着好

贾平凹

能好读书必有读书的好,譬如能识天地之大,能晓人生之难,有自知之明,有预料之先,不为苦而悲,不受宠而欢,寂寞时不寂寞,孤单时不孤单,所以绝权欲,弃浮华,潇洒达观,于嚣烦尘世而自尊自重自强自立不卑不畏不俗不谄。

好读书就得受穷。心用在书上,便不投机将广东的服装贩到本市来赚个大价,也不取巧在市东买下肉鸡,针注了盐水卖到市西,车架后不会带单位的几根铁条、几块木板回来做沙发,饭盒里也不捎工地上的水泥来家修个浴池。钱就是那没奖金的工资,还得抠着买涨了价的新书,那就只好穿不悦人目的衣衫,吸让别人发呛的劣烟,吃大路菜,骑没铃的车,但小屋里有四五架书,色彩之斑斓远胜过所有电器,读书读得了一点新知,几日不吃肉满口仍是余香。

都说当今贼多，贼却不偷书，贼便是好贼。他若是要来，钥匙在门框上放着，要喝水喝水，要看书看书，抽屉的作家证中夹有两张国库券，但贼不拿，说不定能送一张纸条："你比我还穷？！"二百年后这纸条还真成了高价文物。

好读书就别当官。心谋着书，上厕所都尿不净，裤裆老是湿的，哪里还有时间去串上级领导的家去联络感情，也没有钱，拿什么去走通关关卡卡？即使当官，有没有整日开会的坐功？签发的文件上能像在新书上写读后感一样随便？或许知道在顶头上司面前要如谦谦后生，但懒散惯了，能在拜会时屁股只搭个沙发沿儿？谁个要整，要防谁整，能做到喜怒不露于色？何事得方，何事得圆，能控制感情用事？读书人不反对官，但读书人当不了好官，让猫拉车，车就会拉到床下。

好读书必然没个好身体。一是没钱买蜂王浆，用脑过度头发稀落，吃咸菜牙齿好肠胃虚寒；二是没权住大房间，和孩子争一张书桌，心绪浮躁易患肝炎；三是没时间，白日上班，晚上熬夜，免不了神经衰弱。但读书人上厕所时间长，那不是干肠，是在蹲坑读书，读书人最能忍受老婆的嘟囔，也不是脾性好，是读书人入了迷两耳如塞。读书人的病有治读书病的药，药不在《本草》而直接是书，一是得本性酷好之书，二是得急需之书，三是得未见之书。但这药医生常不用，有了病就让住院，住院也好，总算有了囫囵时间读书了。所以，约伙打架，不必寻读书人，那鸡爪似的手没四两力，要欺负也不必对读书人，老虎吃鸡不是山中王。

说了许多好读书的坏处，当然坏处还多，譬如好读书不是好丈夫，好读书没有好人缘，好读书性古钻。但是，能好读书必有读书的好，譬如能识天地之大，能晓人生之难，有自知之明，有预料之先，不为苦而悲，不受宠而欢，寂寞时不寂寞，孤单时不孤单，所以绝权欲，弃浮华，潇洒达观，于嚣烦尘世而自尊自重自强自立不卑不畏不俗不谄。说到这儿，有人在骂：瞧，这就是读书人的酸劲了，为什么不说"万般皆下品，惟有读书高"呢？真是阿Q精神喽！这骂得好，能骂出个阿Q来，便证明你在读书了，不读书怎么会知道鲁迅先生曾写过个阿Q来呢？！因此，还是好读书着好。

心香一瓣

读书，让人远离尘世的浮躁喧嚣，让人心境沉稳豁达，让人智慧聪颖，让人有思想、有内涵。

但读书之人，必要舍弃功名之诱、抛却物质之逸。没有哪一门学问，不经过苦心钻研就可以获得；没有哪一种智慧，不经过历练就可以懂得。

好读书，读好书，将受益一生。而惟有潜心钻研、专注执著，才能把书读好。

「作者简介」

贾平凹（1952— ），陕西丹凤人。著名作家，现为陕西省作家协会主席、西安市文联主席、西安市作协名誉主席、《美文》杂志主编等。被誉为"鬼才"。代表作有《秦腔》、《高兴》、《心迹》、《爱的踪迹》等，多次获文学大奖。

书与人的随想

梁衡

> 不读书愚而可哀；只读书迂而可惜；读而后有作，作而出新，是大智慧。

在所有关于书的格言中，我最喜欢赫尔岑的这句话："书是行将就木的老人对刚刚开始生活的年轻人的忠告……种族、人群、国家消失了，但书却留存下去。"

人类社会是一个连续发展的过程，我们常将它们比作历史长河，而每个人都是其中搭行一段的乘客。每当我们上船之时，前人就将他们的一切发现和创造，浓缩在书本中，作为欢迎我们的礼物，同时也是交班的嘱托。由于有了这根接力魔棒，所以人类几十万年的历史，某一学科积几千年而有的成果，我们可以在短时间内将其掌握，而腾出足够的时间去进行新的创造。书籍是我们视接千载、心通四海的桥梁，是每个人来到这个世界上首先要拿到的通行证。历史愈久，文明积累愈多，人和书的关系就愈紧密相连。

现实生活中我们常常会发现一个新世界，比如海洋、太空、微生物等等。凡新世界都会给我们带来无穷的乐趣。但真正大的世界是书籍，它是平行于物质世界的另一个精神世界。有位养生家说过这样一句话："健康是幸福，无病最自由。"这是讲作为物质的人。正常人刚生下来没有任何疾病，一张白纸，生机盎然，傲对来世。以后风寒相侵，细菌感染，七情六欲，就灾病渐起，有一种病就减少一分活动的自由。作为精神的人正好与此相反。他刚一降生时，对这个世界一无所知，迷蒙蒙，怯生生，茫然对来世。于是就识字读书，读一本书就获得一份自由，读的书越多，获得的自由度就越大。所以一个学者到了晚年，哪怕他是疾病缠身，身体的自由度已极小极小，精神的自由度却可达到最大最大，甚至在去世之后他所创造的精神世界仍然存在。哥白尼一生研究日心说，备受教会迫害，到晚年困顿于城堡中，双目失明，举步维艰，但他终于完成了划时代巨著《天体运行》。到去世前一刻，他摸了摸这本刚出版的新书欣然离开了人世。这时他在天文世界里已获得了最大自由，而且还使后人也不断分享他的自由。

中国古代有人之初性恶性善之争。我却说，人之初性本愚，只是后来靠读书才解疑释惑，慢慢开启智慧。凡书籍所记录、所研究的范围，所涉及的东西，他都可以到达，都可以拥有。不读书的人无法理解读书人的幸福，就像足不出户者无法理解环球旅行者或者登月人的心情。既然书总结了人类的一切财富，总结了做人的经验，那么读书就决定了一个人的视野、知识、才能、气质。当然读书之后还要实践，但这里又用到了高尔基的那句话。"书籍是人类进步的阶梯",如果你脚下不踏一梯,你的实践又能走出多远呢?那就只像一只不停刨洞的土拨鼠,终其一生也不过是吃穿二字。你可以自得其乐,但实际上已比别人少享受了半个世界。一个人只有当他借助书籍进入精神世界,洞察万物时,他才算跳出现实的局限,才有了时代和历史的意义。

古语言:读书知理。谁掌握了真理谁就掌握了世界。所以读书人最勇敢,常一介书生敢当天下。像毛泽东当年不就是以一青年知识分子而独上井冈,面对腥风血雨坚信能再造一个新中国,他懂得阶级分析、阶级斗争这个理。像马寅初那样,敢以一朽老翁面对汹汹批判,而坚持到胜利。他懂得人口科学这个理。他知道即使身不在而理亦存,其身早已置之度外。读书又给人最大的智慧。爱因斯坦在伽利略、牛顿之书的基础上,发现相对论,物理世界一下子进入一个新纪元。马克思穷读了他之前的所有经济学著作,发现了剩余价值规律,指出资本主义必然灭亡,一下子开辟社会主义革命的新纪元。

他们掌握了事物之理,看世界就如庖丁观牛,"以神遇而不以目视",这是常人之所难及。所以从一定意义上讲读书造人。你要成为某方面有用的人,就得攻读某方面的书,你要有发现和创造就得先读过前人积累的书。毛泽东讲,从孔夫子到孙中山都要给以总结,历史也就真的产生了毛泽东、邓小平这样的巨人。这就是为什么一个民族的甚至世界的伟人,必定是一个知识分子,一个读书人,一个读书最多的人。

我们作为一个历史长河中的旅人,上船时既得到过前人以书的赠礼,就该想到也要为下班乘客留一点东西。如果说读书是一个人有没有求知心的标志,那么写作就是一个人有没有创造力和责任感的标志。读书是吸收,是继承;写作是创造,是超越。当一个人读懂了世界,吸足了知识,并经过了实践的发展之后才可能写出属于他自己而又对世界有用的东西,这就叫贡献。这样他才真正完成了继承与超越的交替,才算尽到历史的责任。

写作是检验一个人的学识才智的最简单方法,写书不是抄书,你得把前人之书揉进自己的实践,得出新的思想,如鲁迅之谓吃进草,挤出牛奶。这是一种创造,如同科学技术的发现与发明,要智慧和勇气。小智勇小文章、大智勇大文章。唐太宗称以铜为镜、以史为镜、以人为镜,其实文章也是一面大镜子,验之于作者可知驽骏。古往今来,凡其人庸庸,其言云云,其政平平者,必无文章。古人云立德立言,人必得有新言汇入历史长河而后才得历史的承认。无论马、恩、毛、邓,还是李、杜、韩、柳,功在当世之德,更在传世之文,他们有思想的大发现大发明。我们不妨把每个人留给这个世界的文章或著作算作他搭乘历史之舟的船票,既然顶了读书人的名,最好就不要做逃票人。这船票自然也轻重不同,含金量不等,像《资本论》或者《红楼梦》,那是怎样一张沉甸甸的票据啊。书的分量,其实也是人的分量。

不读书愚而可哀;只读书迂而可惜;读而后有作,作而出新,是大智慧。

心香一瓣

读书与写作之间，是什么关系？梁衡老师给了我们精辟的回答：是继承与超越的交替。

不读书，则腹中空空、孤陋寡闻；只读书不写作，就不会将读到的东西消化、吸收，向社会贡献新的思想。

因此，要爱读书、会读书，还要爱写作、善写作。要做一个有思想的人，更要做一个善表达的人。

「作者简介」

梁衡（1946— ），山西霍州人。当代作家，著名的新闻理论家、散文家、科普作家和政论家。历任《内蒙古日报》记者、《光明日报》记者、国家新闻出版署副署长。曾荣获全国青年文学奖、赵树理文学奖、全国优秀科普作品奖和中宣部"五个一"工程奖等奖项。著有散文集《夏感与秋思》、《只求新去处》、《名山大川感思录》、《人杰鬼雄》、《人人皆可为国王》等。学术论文集有《为文之道》、《壶口瀑布》、《梁衡理科文集》、《继承与超越》等。

论读书

[德]叔本华　陈安澜 译

经常读书，稍有空闲就读书，这种做法比体力劳动更容易令人思维麻痹，因为我们在干体力活时还可以沉湎于自己的遐想，一条弹簧在久受外力的压迫之后会失去弹性，同样，我们的头脑如果经常处在他人的思想影响之下，也会失去自己的活力。

一

富翁阔佬在显露出他的愚昧无知时，常会格外令人鄙视。而穷人终日操劳，没有深思幽想的余闲，显出无知是不足为奇的。我们常常可以见到富裕阶层中的粗俗愚蠢者醉生梦死，恣情享乐，像禽兽一样活着。如果他们善于利用自己的财富和时间的话，本来可以做出一些很有价值的事情。

二

读书时，作者在代我们思想，我们不过在追循着他的思绪，好

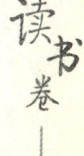

像一个习字的学生在依着先生的笔迹描划。我们自己的思维在读书时大部分停止了,因此会有轻松的感觉。但就在读书的时候,我们的头脑实际上成了他人思绪驰骋的运动场了。所以读书甚多,或几乎整天在读书的人,虽然可以借此宽松脑筋,却渐渐失去自行思想的能力,就像时常骑马的人渐渐失去步行的能力一样。有许多学者就是这样,读书太多反而变得愚蠢。经常读书,稍有空闲就读书,这种做法比体力劳动更容易令人思维麻痹,因为我们在干体力活时还可以沉湎于自己的遐想,一条弹簧在久受外力的压迫之后会失去弹性,同样,我们的头脑如果经常处在他人的思想影响之下,也会失去自己的活力。又譬如食物能够滋养身体,但吃得过多,反使胃肠受累,损害健康;而我们的精神生活如果向外摄取过多,也是有害无益的。读书越多,使你的头脑就像一块重重叠叠书写的黑板,每一篇读过的东西能够留存的越少。读书而不思考,就不可能心领神会,得到的浅薄印象往往稍纵即逝。就像我们所摄入的食物只有五十分之一能够被身体吸收,精神食粮也只有小部分真正成为大脑的营养。

况且记录在纸上的思想就好像沙上行走者的足迹:我们也许能看到他所走过的路径,但如果要知道他在路上究竟看见了什么,则必须用我们自己的眼睛。

三

作家们各有自己的风格特点,例如雄辩、豪放、华丽、优雅、简洁、纯朴、轻快、诙谐,精辟等等,并非阅读他们的作品就可以学到这些优点。但如果我们生来具有这方面的天赋,也许可因读书而受到启迪。看到别人的榜样而善于学习运用,我们才能获得同样的才干。这样的读书，能引导我们发挥自己的特长，培养写作的能力，但具有这方面的天赋是一个先决条件。否则我们在读书中除了学到一些陈词滥调，别无益处，只能成为浅薄的模仿者而已。

四

如同地层依次保存着古代的生物一样，图书馆的书架上也保存着历代的古书。后者与前者一样，在其当时，都是生气勃勃，大有作为的，现在则成为化石，死气沉沉，只有考古学家还有兴致玩赏。

五

据赫鲁多特斯说，色尔泽克斯在望着自己漫无边际的庞大军队时掉下了眼泪，因为他想到百年之后，这些人将荡然无存。如果想到堆积如山的流行图书在十年之后没有一本被人阅读，不也应该落几滴眼泪吗？

六

文艺界的情况与人世间相同：无论你向社会的哪一个角落望去，都会看到无数愚民像苍蝇似的攒动，追污逐垢，在文艺界中，也有无数坏书，像蓬勃滋生的野草伤害五谷。这些书原是为贪图金钱、企求官职而写作的，却使读者浪费时间、金钱和精力。因此，它们不但无益，而且为害甚大。现在的图书泛滥成灾，十分之九是以骗钱为目的，作者、评论家和出版商同流合污，朋比为奸。

许多文人非常狡猾，不是引导读者追求高尚的趣味和修养，而是引诱他们以读新书为时髦，好在交际场中卖弄学识。诸如斯平德勒、布尔沃、尤金·休等人，都因善于投机而名噪一时。无论何时，都会出现很多这样的通俗作品，却使读者倒了霉，他们把阅读这些庸俗作家的最新著作当作自己的义务，而不去阅读古今中外为数不多的杰作——其中那些每天出版的通俗刊物尤为缺德，偷偷夺去了世人宝贵的光阴，使他们无暇顾及真正有益于修养的作品。

因此，对于善于读书的人，决不滥读是件很重要的事情。即使是时下正享盛名，大受欢迎的书，如一年数版的政治、宗教小册子、小说、诗歌等，也切勿贸然拿来就读。要知道，为愚民而写作的人反而常会大受欢迎，不如把宝贵的时间用来专心一致地阅读古今中外出类拔萃的名著，这些书才使人开卷有益。

坏书是灵魂的毒药，读得越少越好，而好书则多多益善。因为一般人通常只读最新的出版物，而不读各个时代最杰出的作品，所以作家也就拘囿在流行思潮的小范围中，时代也就在自己的泥泞中越陷越深了。

不读坏书，是读好书的一个条件：因为人生短促，时间和精力都是有限的。

七

一般人都喜欢读那些介绍或评论古今大思想家的书，却不去阅读原著，因为他们习惯于阅读新出版的东西，又因为物以类聚，人以群分，他们觉得现今庸人的浅薄平淡的语言比伟人的思想更容易理解。我很幸运，在童年时就读到了施莱格尔美妙的警句，并把它奉为圭臬：

"你要常读古书，读古人的原著，今人对他们的论述没有多大意义。"

平凡的人，好像都是从一个模子里铸出来的，彼此多么相似。他们在同一个时期产生的思想几乎完全一样，而他们的意见又是同样的鄙俗。庸人所写的劣作，只要是新出版的，自会有愚蠢的人们爱读，而宁愿把大思想家的名著束之高阁。

平凡的作品像苍蝇一样每天在繁衍，人们只因为它油墨未干而争先阅读，真是愚不可及的事情。这些无价值的东西在几年之后必然被淘汰，实际上它一出世就应该被遗弃，只能作为后人助谈的笑料。

无论什么时代，都存在着互不相干的两种文艺，一种是真实的，另一种虚有其表。前者是由为科学或文学而生活的人所创造的不朽之作，他们的工作是严肃而深刻的，然而非常缓慢，欧洲在一个世纪中所产生的这样的作品不超过十部。另一种是靠科学或文学而谋生的人编造出来的，他们振笔疾书，在鼓噪颂扬声中每年有无数作品上市。可是数年之后，不免产生疑问：它们显赫的声誉如今安在？它们本身又消失到哪里去了？因此我们可以把前者称为不朽的文艺，而后者是应景之作。

八

买书后又能一丝不苟地阅读，是很好的；然而一般人往往买而不读，读而不精。

要求读书人记住他所读过的一切东西，就像要求一个人把他所吃过的东西都储存在体内是一样的荒谬。人靠进食维持物质生活，又通过阅读过着精神生活。然而身体只吸收能够同化的食物，同样，读者也只能记住他所感兴趣的东西，也就是符合他的思想体系或生活目标的东西。当然，任何人都有自己的生活目标，但只有很少人形成了自己的思想体系。没有思想体系，就不能对事物作出明智的评价，他们读书也必然徒劳无益，毫无主见。

"温习乃研究之母",任何重要的书都应该立即再读一遍。一方面因为再次阅读能使你更清楚地了解书中发生的各种事情之间的联系,知其结尾,才能更深刻地理解开端;另一方面,第二次阅读时你会有不同的心情,得到不同的印象,就像在不同的照明中观察同一件东西。

作品是作者思想活动的精华,如果作者是一个伟人,那么他的作品能大致体现他的生活,并常常能比实际生活包含更丰富的内容。(二流作家的著作也可能是有益的,因为这也是他思想活动的精华,是他全部思维和研究的成果,我们也不妨阅读一些。)崇高的精神生活使我渐渐达到一种境界,不再从与他人的应酬交往中寻求乐趣,而几乎完全潜心于书本之中。

没有别的事情能比阅读古人的名著给我们带来更多的精神上的乐趣,这样的书即使只读半小时,也会令人愉快、清醒、高尚、刚强,仿佛清澈的泉水沁人心脾。这是由于古代语言的优美,还是因为伟人的品性使其作品经古常新?或者两者兼而有之。

文艺界有两种历史:一种是政治的,另一种是文学和艺术的。前者是意志的历史,其内容是可怕的,无非是恐怖、受难、欺诈和杀戮等等。后者是睿智的历史,其内容是欢愉明快的,即使在描写人类的迷误时也令人神往。哲学是这种文艺的重要分支,又是其基础,它的影响广泛,但又是缓慢地产生作用。

九

我很希望有人来写一部悲剧性的文学史,揭示出许多国家对于自己民族的大文豪和大艺术家虽然无不引以为荣,但在他们活着时,却百般残害虐待他们;揭示出在所有国家和任何时代里,真和善对邪恶进行着不知疲倦的无休止的斗争；他要揭示出在艺术的各个领域里，除了少数幸运者，人类的英华巨擘几乎都得遭灾罹难，他们贫寒困苦，命乖运蹇，而荣华富贵则为庸碌鄙俗者所享有。他们就像《创世纪》中的以扫，以扫外出为父亲打猎时，雅各却穿了以扫的衣服，在家里接受父亲的祝福。然而人类的巨匠大师们不屈不挠，继续奋斗，终能完成其事业，光耀史册。

心香一瓣

"学而不思则罔,思而不学则殆。"书,并不是读得越多越好。

要读书,更要学会思考。不会思考的人,只能是被别人牵着鼻子走路,只能是由别人思想的骏马在自己心智的原野上奔驰。

读书,要讲究目的和方法。这样,才不会感到疲惫、厌倦。有选择地读书,有效益地吸收书中的精华,才能把书真正变为自己成长道路上的良师益友。

爱读书,会读书,才能拥有一座思想的金矿,做精神世界里的富人。

「作者简介」

叔本华(1788—1860),德国哲学家。主要著作为《意志和表象的世界》。他的思想不仅影响存在主义和其他哲学运动,还影响了一大批作家和艺术家,如瓦格纳、托尔斯泰、普鲁斯特等。

论书籍与阅读

[英]约翰·罗斯金　陈安澜 译

当那些睿智之士怀着真诚和博爱来表现人生时，就会创造出艺术珍品和杰作。当然其中难免掺杂一些败笔或虚妄，但只要你能客观地分析，便能够识别出那些伟著佳作，那些具有永久价值的书。

所有的书都可以分为两大类：一类是暂时性的，另一种是永久性的。两者的区别并不是品质上的好坏，而纯粹是类型的不同：坏书固然难以经久不衰，但有些坏书却世代相传；好书当然有千古流芳的，但也有些好书转眼即逝。

我不想在这里谈论坏书，只想探讨一下为什么好书会有永久与暂时的差异。可以下这么一个定义：暂时性的好书就是那些想告诉别人，而又无法与之面谈，因而印刷出来的有用或有趣的谈论。这是些旅途见闻、幽默故事、围绕某个问题的辩论、对社会生活的真实报道、对世态炎凉的惆怅感慨等等，有些侃侃而谈，妙趣横生，有的告诉你一些必须知道的事务，有实用价值。这种书随着教育的普及而流传日广，大量出版，成为当代的特产。对于这些应时之作我们当然应该表示欢迎，从中获得各种益处。但是，如果我们把它们当作真正的杰作，那就反受其误了，因为严格地说，这些书根本不能算是创作，只是一些书简、新闻、资料或其他出色的印刷品。

在当今的时代，朋友们的来信可慰悬望之情，但不一定值得保存起来；报纸则很适于饭后浏览，而不是精神上的主食；那些使你消除旅途疲劳，告诉你许多趣事，为你解决许多问题的文章，虽然集录成册能使你得益不浅，但却不能算是一部真正的著作，因而也不值得悉心研读。

创作在本质上并不是一种可谈之言，而只适于书写，而且写下来是为了流传，而不是为了转述。可谈之事编印成书，只是因为作者无法一下子向成千上万的人讲述，只好把自己的话语复制下来，变成文字符号，传达给别人，要是大家都能同时听到他的谈话，他一定愿意讲述，而不必印到纸上。正如你无法和远方的朋友叙谈，只好以信为媒介，把你的声音传达给对方，要是能够面晤，你一定直接谈论而不用写信。但是创作的过程绝对不是为了把一些要说的话复制或传达出来，而是为了写出具有永恒性的好书。作者感受到一种强烈的欲望，要把一些至真、至善、至美的东西表达出来，他相信至今还没有一个人写过这样的作品，也认为除了自己再没有别人能孕育出这样的作品，命里注定要由自己来呕心沥血，形诸笔墨，这就会产生千古流传的杰作。他在写作时夜不成寐，食不甘味，直到头脑中的构思如阳光照耀下的景物那样清晰，直到那些真知灼见终于见诸笔端，才稍感心安，他觉得自己的生命正在这部书中重新诞生。如果可能的话，他会在墓碑上刻道："我的著作是我生命的精华，除此之外，我的一生和他人无异，只是在吃、喝、玩、睡，还有爱和恨。我的一生像蒸气那样虚无缥缈，只有这些书是真实和值得留恋的。"这些书是他毕生经验阅历和才智灵感交凝而成的结晶，是真实意义上的书。

也许你觉得没有一本书是这样写成的吧？那么你是不是相信诚挚和博爱，是不是相信天禀聪颖的人同时具有这种品格呢？我想你不会作出否定的回答。当那些睿智之士怀着真诚和博爱来表现人生时，就会创造出艺术珍品和杰作。当然其中难免掺杂一些败笔或虚妄，但只要你能客观地分析，便能够识别出那些伟著佳作，那些具有永久价值的书。

每一个时代都有一些伟人在写这些真正的书，诸如大学问家、大政治家、大思想家，因此有许多佳构杰作可供你选读。你也一定感到人生苦短，但不知你是否为自己短暂的一生作过规划，衡量过自己的阅读能力？你可知道如欲顾此就得失彼？你是否牢牢记住光阴一去不返，今天所失不能得之于明天？你难道愿意把可以与皇帝或皇后侃谈的时间浪费在与马夫的闲聊上？你难道愿意在智慧之门向你敞开，把许多博大精深的不朽之作呈现在你面前，任你享用之时，仍然醉心于功名利禄，纠缠于世俗纷争？在书的世界里，你可以任意驰骋。你可以结识许多伟大的人物，建立起高贵的友谊，在与这些伟人的交往中，你会进一步认识自己的思想格调，提高自己的道德修养，以你所崇拜的人物来衡量自己的行为，激励自己在社会生活中不断追求更高尚的目标。

心香一瓣

什么书才是真正的好书？那些流传千年、经久不衰的经典之作，何以有如此大的魅力？

真正的好书，首先必须是作者的心血之作，是作者毕生经验阅历和才智灵感交凝而成的结晶。作者是在用自己的灵魂来创作，他觉得有必要将之传播于世，供他人研读。

其次，还要有能够站在作者的精神高度并与他进行真正交流的读者。没有人读得懂的书，只会被束之高阁，沦为知识的尘埃。

好书，应有直击心灵的力量，能够跨越种族、阶层、时间、地域等的限制，深入每个人的内心。它能够写出人民的心声，记录下时代的脚印……

「作者简介」

约翰·罗斯金（1819—1900），英国作家和美术评论家，他对社会的评论使他被视为道德领路人或预言家。其著作《留给这个后来者》曾对甘地产生过影响。

读书的乐趣

[英]约翰·卢保克

从某种意义上说来,书籍所赋予我们的思想比现实生活所赋予我们的更加生动活泼,正如倒影里面反映出来的山石花卉常常要比真实的山石花卉更加多姿迷人一样。

书籍对于整个人类的关系,好比记忆对于个人的关系。书籍记述了人类的历史,记录了所有的新发现,记载了古今历代所积累的知识和经验。书籍给我们描绘了自然界的奇观壮景,千姿万态,书籍指引我们渡过难关,书籍能安慰我们的心灵,使我们摆脱悲哀和痛苦的羁绊;书籍可以使枯燥乏味的岁月化为令人愉快的时日,书必将各种信念注入我们的脑海,使我们的脑海充满崇高欢乐的思想,从而使我们入神忘情,灵魂升华。

有一个东方故事,叙述了两个不同命运的人所做的梦。其中一个是国王,另一个是乞丐。国王每天夜里梦见自己成了乞丐,而乞丐则夜夜梦见自己成了王子,住在宫殿里。我不敢说这位国王愚蠢可笑,因为有时候想象的世界比现实生活更生动,更吸引人。不管怎样,只要我们愿意,我们在书籍的世界里不但可以变成国王,而且还可以浪迹万水千山,遍游天下的名胜之最。这种旅游既不使人疲倦,又无交通不便之处,也无须花钱破费。

在那些无所不有的巨富之中,有许多人都说,他们一生中最纯洁的幸福,主要来源于书籍。阿斯查姆(英国作家)在《校长》一书中讲了一个感人的故事,叙述他最后一次拜访简·格雷夫人的情景。那天,他碰上她坐在一个凸窗上,正在阅读柏拉图(古希腊哲学家)写的有关苏格拉底(古希腊哲学家)之死的一篇精彩的文章。当时,她父母亲都在花园里游猎,猎犬追奔,吠声越窗而入。阿斯查姆见格雷夫人不陪父母游猎,竟独自凭窗读书,惊讶不已。可是她却满不在乎地说:"他们在花园里得到的全部快乐,远远不及我在柏拉图的书里享受的快乐。"

马考雷(英国历史学家兼政治家)曾经权位显赫,家财万贯,名驰遐迩。然而,他在自传里却这样写道,他一生中最幸福的时光,都是在书本里度过的。他曾经给一位小姑娘回了一封娓娓动听的信,里面有这样一句话:"承蒙馈赠惠书,谨致谢意。我一向乐意成全小姑娘的幸福。最使我欣慰的莫过于看见她喜爱书籍,因为当她到了我这般年纪,她会懂得,书籍比任何馅饼、蛋糕、玩具和世上的一切风景名胜更有价值,即使有人提出,只要我不再读书,就可成为历史上最伟大的国王,身居王宫,享受珍馐佳酒,拥有车马万乘,华服贵饰,侍卫随从,前呼后拥,我也决不答应。我宁愿做一个穷汉子，挤在一同窄小却富有藏书的阁楼里，也不愿当不好读书的国王。"

书籍为我们建立起一座完整的、光怪陆离的思想之宫，这是千真万确的。让·保罗·理治特（德国作家）曾经说过："从艺术女神居住的巴拿撕斯山峰上所看到的风光要比坐在王位上所看到的宏伟壮阔得多。"从某种意义上说来，书籍所赋予我们的思想比现实生活所赋予我们的更加生动活泼，正如倒影里面反映出来的山石花卉常常要比真实的山石花卉更加多姿迷人一样。"一切都成了镜子"，乔治·麦克唐纳（英国著名作家）曾经说过："即便是最平淡无奇的房子，一旦我从镜面里去欣赏时，也要变得富有诗意的了。"

书籍在我们日常生活中所赋予我们的规劝和慰藉，质同金玉，价值无量。我们读书时，有如同最高尚的先哲们携手共游，飞越无数迷人的仙境和神奇的国土。

冬日，当我们坐在炉旁烤火时，无需动步，就可以借助书籍，走到天涯海角，或者飞上天国，在那里受到斯宾塞（英国诗人）之下那群美丽仙姑的欢迎，还可以听到弥尔顿（英国诗人）笔下那群天使们围绕我们高唱乐园赞美诗。科学、艺术、文学、哲学，总之，人类思想所发掘的一切，人类劳动所创造的一切——千百代人用苦难的代价换来的一切经验，所有这一切，都在书籍的世界里等待我们。

心香一瓣

你想足不出户就能欣赏世界的多姿多彩和万千气象吗?你想穿越时空去了解人类过去的生活状况吗?你想聆听先知圣贤们激荡千年的智慧之音吗?

如果回答是肯定的,那么,读书吧。书籍的价值正在于此。书中蕴藏着人类世世代代积累下来的最宝贵的思想金矿,书中有着任何东西都无法开辟出来的宏阔世界。

选择了读好书,就是选择了与智慧为伴、与真理同行,就是选择了积极向上与充实饱满的人生。

「作者简介」

约翰·卢保克(1834—1913),英国19世纪末、20世纪初的银行家、政治家、科学家。

谈阅读

[日]小泉八云

> 考验一部伟大的作品是看我们读它一次就再想读了或还想不止一次地再读。任何真正伟大的作品是在我们读过一次之后还想再读,甚至再三地读;每再读一次我们都发现其中的新意和优点。

我说懂得如何阅读的人并不多。若要培养出文学趣味与辨识力,在这之前,需要大量的文学经验,缺乏这点,学会如何阅读几乎是不可能的。

因为,能阅读一本书的文字或字母并不是真正意义上的阅读。你们常常发觉你们一边在机械地读文字,甚至发音很正确,同时脑海里想的却是完全不同的另一个问题。这种机械的阅读的情况常常在一个人的一生的早期出现,而且不管集中不集中注意力。不论单纯为了个人消遣选取书中的叙事部分,或者说"为了看故事",我都不能把这种情况称之为阅读。然而在实际生活中大部分阅读都是采用这种方式。

  无疑你们会想这么说明问题是把阅读跟研究搞混了。你们也许要说:"要是我们读历史、哲学或科学,那我们就读得很透,把书本上的全部意见及义理慢慢地一遍一遍钻研,这是苦读。但如果我们在课后读一篇小说或一首诗,我们就为了消遣。"我没有把握说你们都这么想,可是年轻人一般都如此。事实上,每一本值得读的书都应该恰恰像读科学书籍一样地去读——不单是为了消遣;每一本值得读的书,其中也含有像科学书籍那样同等的价值,虽然其价值的性质是完全不同类的。因为,归根结底,好的小说、诗歌、传奇,也是有科学性的,它们按不止一种科学的最好的原理写成,尤其是按生活的了不起的原理和人性的知识写的。

  一个搞学问的人首先要顾的是不应单纯为了消遣而读一本书。没有受过完整的教育的人为消遣而读书,不要为此为难他,他们无法欣赏真正伟大的文学作品的深刻性。但一个受过大学按部就班的训练的青年就应在早期严格要求自己,不要仅仅为消遣而读书。严格要求的习惯一经养成,他甚至发现要为了消遣而读也不可能。那时他就会不耐烦地丢开任何他不能从中得到知识的书籍,任何不能对他的较高层次的情感和理智产生吸引力的书籍。但是另一方面,为消遣而阅读的习惯却使成千上万的人恰好像饮酒吸毒一样成瘾;它犹如一种麻醉剂,有助于消磨时间,使他维持一种梦幻的状态,造成毁灭一切思索能力的结果,只对精神的表层部分发生作用,而把感情的较深层的源泉和更高的理解能力弃之不顾。

  这不意味着应该因噎废食,连好的文学作品也避而不读。一本好小说就是一种良好的读物，即便是最伟大的哲学家也可能愿读的。整个问题取决于阅读的方式，这甚至比读物的质量更有决定意义。或许常说的开卷有益这句话说得太多。简而言之，一本书的好处与其说由它作者的艺术水平决定，不论这位作者多么伟大，不如说由它对读者的习惯产生的影响决定，后者无法比拟地更加重要得多。

说儿童是水平低劣的读者，这不准确；不良的阅读习惯只是在后来养成的，永远不是天生的。自然的学者式的阅读方式是儿童的方式，但它需要我们成人容易丢掉的东西，即非常宝贵的耐心；缺乏耐心，什么事情都做不好，阅读也不例外。

细心的阅读既然重要，你们就容易理解不能浪费时间精力。受过良好训练和高水平教育的恬适力可不能浪费在任何平凡的书籍上。所谓平凡的书籍，指的是价值不高的和无益的文学作品。没有什么比训练自我选择合适的书读的能力更重要了，也没有什么受到这样普遍的忽视。指责一个有才能的人竟然会浪费时间去找什么是可读的书是一种妄见。他可以很容易正确地了解到在各种文学体裁中最优秀的作品的书目而坚持阅读这些最优秀的作品。当然，如果他要成为专家、文学批评家、职业编审，他就要既读好书也读不好的书。如果他想从这种折磨中脱身，那就只能借助由经验锻炼出来的快速阅读判断的能力。

归根结底，最了不起的批评家就是公众——并不是一天的公众，也不是一代人，而是好几个世纪的公众。换句话说，对一本接受时间令人生畏的考验的书，最伟大的批评家是全民族对这本书的一致意见，以至全世界的人对这本书的一致意见。书的声誉不是由

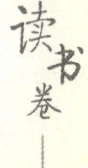

批评家决定,而是由数百年积累起来的全世界的人的意见决定的,而这个世人的公意并不如受过的批评家的意见那么轮廓分明。它不能阐释;它是模糊的,像一种我们无法确切描写其性质的巨大的感悟,它是从感觉出发而非从理智出发;它仅仅说:"我喜欢它。"可是没有什么评定像这种评定那么稳妥,因为那是一种亿万人的经验的成果。对一本好书的考验应该永远是经受了好几代人的意见的考验。这非常简单。考验一部伟大的作品是看我们读它一次就再想读了或还想不止一次地再读。任何真正伟大的作品是在我们读过一次之后还想再读,甚至再三地读;每再读一次我们都发现其中的新意和优点。一本书,若一个受过教育并且趣味高尚的人不想再读,多半并没有多大价值。先前不久关于法国大小说家左拉的艺术有过一阵不错的讨论。有人说他具备绝对的天才,有人说他只有非常卓越的才华。这声辩论引出某些厅谈怪论,可是一位批评家突如其来地提出这个问题:"你们当中有多少人读过或想读一部左拉的小说一遍以上呢?"没有人答复,事实胜于雄辩。大约没有人读过一部左拉的小说一遍以上。这就从正面证明左拉的小说中缺乏了不起的超绝的才华,也没有掌握表现最高尚的感情的艺术形式。任何一本书,尽管被十万个读者买去,如果绝对没有被他们读过一遍以上,那它准是既浮浅又虚假。可是我们不能认为单独一个人的判断是一贯正确的。肯定一本书的价值一定得集中许多的的意见。因为即便是最优秀的批评家也容易有某些迟钝之处,某些失误。比方说,卡莱尔,就不能容忍勃朗宁,拜伦不能容忍某些最伟大的英国诗人。一个人必须有多方面的常识才能对许多书作出可靠的评价。有时我们可以怀疑某一个批评家的判断,但是对几代人的评断那是不可能怀疑的。即使我们不能马上看出一本几百年来受到赞美与爱好的书有什么优点，我们也可以确信，通过试试地阅读，最后也会感觉这种爱好与赞扬是有道理的。对穷人的最好的图书馆是完全只收藏这样最伟大的经受了时间考验的作品的图书馆。那么这就是我们在选择读物方面最重要的指南。歌德给了我们一个最好的例子。他写了大量的散文短篇故事，这些小故事为儿童所爱读，因为对儿童来说，它们具备童话的一切魅力。但他绝不是当做童话来写的，老年人也可以在其中找到全部的人生哲理，全部智慧。如果一个人头脑很迟钝，他也许看不到里面的好多东西，但是相比之下，如果他是一个头脑优越的人，对人生的知识又非常广博，他就会发现构思这些故事的人的了不起的伟大。

　　现在你们会理解我所指的好书的确切含义了。那么如何选择呢？若干年前，你们曾记得有一个叫约翰·鲁博克爵士的英国科学家，他开列了一张他称之为世界上最好的书的名单——或者说至少是一百本最好的书呢。于是有的出版家就印行了这一百本书的廉价版。照着约翰爵士的例子，别的文人也开出他们自认为的现存一百本最好的书的单子。如今相当充分的时间过去了，对我们显示了这类实验的价值。除对出版商，它们原来毫无价值。很多人也许购买这一百本书，不过很少人去读。这不是因为鲁博克爵士的想法不好，这是因为没有一个人能为一大批智力不同的人规定一道死板的阅读程序。鲁博克爵士仅仅表达他个人的意见，哪些书最吸引他；另一个文人公开出另一个不同的书单；大约没有两个人会开出完全相同的书单来。无论如何，好书的选择是个人的事情。总之，你必须按你内心的要求去选择。博学多才的人是极少的，他们才会有意地注意文学各个门类的好书。一般情况下，一个人把自己限定在一小批题材范围内更好——也就是最适合他的天资、爱好，最使他喜欢的题材。既不完全知道我们个人的性格和脾气，又对此格格不入，而且也不知道我们的能力的人是无法替我们作出决定的，但有一件很容易做到——也就是首先决定什么文学题材已使你得到愉快，其次决定就这一题材已成书的作品中哪些是最好的，然后读这些最好的而排除那些虽然采用同样的题材但昙花一现、微不足道、没有得到大批评家或大量公众意见肯定的作品。

那些得到上述两方面肯定的书的数量不是像你们可能认为的那么多。每种伟大的文明不过产生两三部一流的作品，假如把希腊文明看做例外，那么代表这类书的有多少种呢？不很多，最优秀的，像钻石一样，决不会是大量的。

心香一瓣

阅读要讲究方法，才会收到良好的效果。为打发时间而阅读，是消遣，犹如囫囵吞枣一样，只能暂时满足下饥肠辘辘的肚子，并不能尝出其中真正的味道、吸取其中的丰富营养。

读书，要选择经典之作来研读。经典著作，之所以能够让人百读不厌并代代流传，就是因为它们引起了多数人的情感和思想共鸣。作者为作品付出了大量的心血，读者惟有付诸同等的情感回报，才能真正走入作者创设的思想和情感世界。

从心选择，读我所爱。对值得一读的好书，就要细细咀嚼，慢慢消化。

「作者简介」

小泉八云（1850—1904），日本学者，现代怪谈文学的鼻祖。父亲是爱尔兰人，母亲是希腊人。1850年生于希腊，长于英法，1896年加入日本国籍并正式采用小泉八云的名字，此后曾先后在东京帝国大学和早稻田大学开讲英国文学讲座，广受学生喜爱。1904年，因工作过度而去世于东京寓所。

敬 启

在本书编著的过程中,我们积极联系广大作者,也得到了绝大部分作者的同意,在此我们表示衷心的感谢。但由于种种原因,尚有少数著作权人未能取得联系,请原著作权人见到本书后,联系010—59767135,我们将按照国家相关规定支付稿酬。

本书所涉部分作品版权由中国文字著作协会代理,地址:北京市朝阳区京广中心商务楼四层,邮编:100020,电话:010—65978906,传真:65978926。Email: chinacopyright@yahoo.cn